许地山 落花生

许地山 著

现代名家美文经典文库

品悦经典童书馆 选编

新疆青少年出版社

图书在版编目（CIP）数据

落花生 / 许地山著；品悦经典童书馆选编. -- 乌鲁木齐：新疆青少年出版社，2021.6（2024.9重印）
（现代名家美文经典文库）
ISBN 978-7-5590-7434-8

Ⅰ.①落… Ⅱ.①许… ②品… Ⅲ.①散文集—中国—现代 Ⅳ.①I266

中国版本图书馆CIP数据核字（2021）第053159号

落花生
LUOHUASHENG

许地山 著　品悦经典童书馆 选编

出　　版	新疆青少年出版社
社　　址	乌鲁木齐市北京北路29号
电　　话	0991—7833940（编辑部）
发　　行	新疆青少年出版社营销中心
经　　销	各地新华书店
印　　刷	三河市金泰源印务有限公司
法律顾问	王冠华 18699089007
开　　本	787mm×1092mm　1/16
印　　张	13
版　　次	2021年6月第1版
印　　次	2024年9月第2次印刷
书　　号	ISBN 978-7-5590-7434-8
定　　价	35.00元

新疆青少年出版社官网　http://www.qingshao.net
新疆青少年出版社天猫旗舰店　http://xjqss.tmall.com

CHISO 新疆青少年出版社
（版权所有，侵权必究）

写在前面

翻开这套书时,先来了解一下它们的缔造者吧。不管你之前是不是认识他们,不管你之前有没有听说过他们,现在,马上,或许在一分钟之后,你就能触及他们的心灵……

在你心中,有没有这样一个梦想:成为一名大作家,用文字来充实自己的人生,影响一代又一代的人。那么,你有没有想过,要想成为一个大作家,到底需要什么样的"功力"呢?答案很简单,那就是向文学大师们学习,从他们留下的经典篇章中汲取营养。

每一篇经典文章,都是大师智慧的结晶。有一些你耳熟能详,倒背如流;有一些你闻所未闻,见所未见。不过,每一个灵动的文字,每一句睿智的话语,都是大师留下的一串串脚印,指引你在浩瀚无垠的书海中一步一步向前走,收获最独到的智慧,最奇特的灵感,最真挚的感动……

请记住,他们是——

沉郁雄浑的鲁迅;

睿智幽默的老舍;

温润如玉的胡适;

细腻敏锐的萧红;

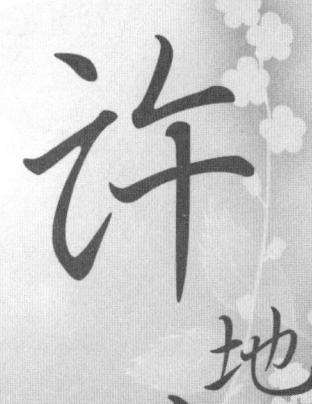

淳朴淡泊的朱自清；

朴实睿智的许地山；

浪漫忧郁的徐志摩；

矜持缄默的林徽因；

唯美忧伤的王尔德；

纯美绚烂的泰戈尔；

……

一个人在一生中，阅读这些经典的文章，不仅可以获得美的享受，还可以汲取其中的思想精华，习得作者的写作技巧。

所以，我们精心撷取了中外现当代百年时光中的一些大师的经典文章，让你们领略阅读之趣、经典之美。这些文章，不光有启迪的色彩，更有智慧的空间，帮助我们积蓄奋斗的力量，汲取改变命运的勇气，找到人生的真谛……

编　者

作者简介

许地山（1893—1941），名赞堃，字地山，笔名落华生。现代著名作家、学者，是五四时期新文学运动的先驱者之一，在印度文学、宗教等方面也有颇高的研究造诣。

许地山出生在台湾一个爱国志士的家庭里，他三岁的时候，因日寇侵占台湾，全家迁回大陆，居于福建龙溪。二十岁时，许地山受聘任缅甸仰光中华学校的教员，在仰光生活了两年。二十四岁的时候，许地山以优异成绩考入燕京大学文学院，学习多种外文和方言，毕业后又赴英美等国，曾于牛津大学学习宗教和民俗学。

这些生活和学习经历对他的创作都有很大的影响。许地山的作品中，有对故土和幼时嬉戏的怀念，如《我的童年》；有取自佛教的典故和用语，如《七宝池上的乡思》；有充满缅甸风情的故事，如《命命鸟》；有充满民俗意味的研究文章，如《猫乘》；更有以佛经中邃智明辨笔墨写成的作品，如《海世间》……

不幸的是，1941年，许地山因劳累过度而病逝，年仅四十八岁。他的文学和学术才华没有得到完全的展现，实属憾事。让我们怀着敬仰的心情，从他的作品中来了解他的才华和思想吧！

目录

空山灵雨	1
海世间	82
海角的孤星	86
上景山	92
先农坛	97
忆卢沟桥	103
命命鸟	108
春桃	131
我的童年	158
牛津的书虫	168
英雄造时势与时势造英雄	172
猫乘	179

空山灵雨

《空山灵雨》是许地山生前结集出版的唯一一部散文集，这个集子的名字恰好概括了许地山的写作风格——单纯质朴、清净悠扬，又充满了哲学和宗教的空灵气息。

《空山灵雨》中的散文取材可分为三类：一是写物，如《山响》《蝉》《海》等，作者借助于自然景物，边描写边议论，寄寓着对人生的理解；二是写身边所发生的事情，如《三迁》《愚妇人》《"小俄罗斯"的兵》等，或写一种世相，或记一缕情丝，文章常以记事开始，而以哲理升华终结；三是写夫妻生活小景，这类题材在集子中所占的比例最大，如《别话》《蛇》《香》等，这些篇章有的写夫妻情深，有的写相互理解和体贴，充满了人间浓郁的深情厚意。

《空山灵雨》弁言[①]

生本不乐，能够使人觉得稍微安适的，只有躺在床上那几小时，但要在那短促的时间中希冀极乐，也是不可能的事。

自入世以来，屡遭变难，四方流离，未尝宽怀就枕。在睡不着时，将心中似忆似想的事，随感随记；在睡着时，偶得趾离过爱，引领我到回忆之乡，过那游离的日子，更不得不随醒随记。积时累日，成此小册。以其杂沓纷坛，毫无线索，故名《空山灵雨》。

十一年一月二十五日　　落华生

（原刊1922年4月《小说月报》第13卷第4号）

[①] 弁（biàn）言：弁，古代的一种帽子。因为冠于书籍的卷首，相当于前言或序文一类的文字，所以称弁言。

心 有 事

（开卷的歌声）

心有事，无计问天。

  心事郁在胸中，教我怎能安眠？

我独对着空山，眉更不展；

  我魂飘荡，犹如出岫残烟。

想起前事，我泪就如珠脱串。

  独有空山为我下雨涟涟。

我泪珠如急雨，急雨犹如水晶箭；

  箭折，珠沉，融作山溪泉。

做人总有多少哀和怨：

  积怨成泪，泪又成川！

今日泪、雨交汇入海，海涨就要沉没赤县[①]：

  累得那只抱恨的精卫拼命去填。

呀，精卫！你这样做，虽经万劫也不能遂愿。

  不如咒海成冰，使他像铁一样坚。

那时节，我要和你相依恋，

  各人才对立着，沉默无言。

---

① 赤县：即赤县神州，指中国。

落花生

蝉

急雨之后,蝉翼湿得不能再飞了。那可怜的小虫在地面慢慢地爬,好容易爬到不老的松根上头。松针穿不牢的雨珠从千丈高处脱下来,正滴在蝉翼上。蝉嘶了一声,又从树的露根摔到地上了。

雨珠,你和它开玩笑么?你看,蚂蚁来了!野鸟也快要看见它了!

蛇

在高可触天的桄榔树下。我坐在一条石凳上,动也不动一下。穿彩衣的蛇也蟠在树根上,动也不动一下。多会让我看见他,我就害怕得很,飞也似的离开那里,蛇也和飞箭一样,射入蔓草中了。

我回来,告诉妻子说:"今儿险些不能再见你的面!"

"什么原故?"

"我在树林见了一条毒蛇:一看见它,我就速速跑回来;蛇也逃走了……到底是我怕它,还是它怕我?"

妻子说:"若你不走,谁也不怕谁。在你眼中,它是毒蛇;在它眼中,你比它更毒呢。"

但我心里想着，要两方互相惧怕，才有和平。若有一方大胆一点，不是他伤了我，便是我伤了他。

笑

我从远地冒着雨回来。因为我妻子心爱的一样东西让我找着了，我得带回来给她。

一进门，小丫头为我收下雨具，老妈子也借故出去了。我对妻子说："相离好几天，你闷得慌吗？呀，香得很！这是从哪里来的？"

"窗槅下不是有一盆素兰吗？"

我回头看，几箭兰花在一个汝窑钵上开着。我说："这盆花多会移进来的？这么大雨天，还能开得那么好，真是难得啊！可是我总不信那些花有如此的香气。"

我们并肩坐在一张紫檀榻上，我还往下问："良人，到底是兰花的香，是你的香？"

"到底是兰花的香，是你的香？让我闻一闻。"她说时，亲了我一下。小丫头看见了，掩着嘴笑，翻身揭开帘子，要往外走。

"玉耀，玉耀，回来。"小丫头不敢不回来，但，仍然抿着嘴笑。

"你笑什么？"

"我没有笑什么。"

我为她们排解说:"你明知道她笑什么,又何必问她呢,饶了她罢。"

妻子对小丫头说:"不许到外头瞎说。去罢,到园里给我摘些瑞香来。"小丫头抿着嘴出去了。

三 迁

花嫂子着了魔了!她只有一个孩子,舍不得教他入学。她说:"阿同的父亲是因为念书念死的。"

阿同整天在街上和他的小伙伴玩:城市中应有的游戏,他们都玩过。他们最喜欢学警察、人犯、老爷、财主、乞丐。阿同常要做人犯,被人用绳子捆起来,带到老爷跟前挨打。

一天,给花嫂子看见了,说:"这还了得!孩子要学坏了。我得找地方搬家。"

她带着孩子到村庄里住。孩子整天在阡陌间和他的小伙伴玩:村庄里应有的游戏,他们都玩过。他们最喜欢做牛、马、牧童、肥猪、公鸡。阿同常要做牛,被人牵着骑着,鞭着他学耕田。

一天,又给花嫂子看见了,就说:"这还了得!孩子要变畜生了。我得找地方搬家。"

她带孩子到深山的洞里住。孩子整天在悬崖断谷间和他的小伙伴玩。他的小伙伴就是小生番、小猕猴、大鹿、长尾三娘(野鸡）、大蛱蝶。他最爱学鹿的跳跃，猕猴的攀缘，蛱蝶的飞舞。

有一天，阿同从悬崖上飞下去了。他的同伴小生番来给花嫂子报信，花嫂子说："他飞下去么？那么，他就有本领了。"

呀，花嫂子疯了！

香

妻子说："良人，你不是爱闻香么？我曾托人到鹿港去买上好的沉香线，现在已经寄到了。"她说着，便抽出妆台的抽屉，取了一条沉香线，燃着，再插在小宣炉中。

我说："在香烟绕缭之中，得有清谈。给我说一个生番故事罢。不然，就给我谈佛。"

妻子说："生番故事，太野了。佛更不必说，我也不会说。"

"你就随便说些你所知道的罢，横竖我们都不大懂得。你且说，什么是佛法罢。"

"佛法么？——色，——声，——香，——味，——触，——造作，——思维，都是佛法；惟有爱闻香的爱不是佛法。"

"你又矛盾了！这是什么因明？"

"不明白么？因为你一爱，便成为你的嗜好。那香在你闻觉中，便不是本然的香了。"

愿

南普陀寺里的大石，雨后稍微觉得干净，不过绿苔多长了一些。天涯的淡霞好像给我们一个天晴的信。树林里的虹气，被阳光分成七色。树上，雄虫求雌的声，凄凉得使人不忍听下去。妻子坐在石上，见我来，就问："你从哪里来？我等你许久了。"

"我领着孩子们到海边捡贝壳咧。阿琼捡着一个破贝，虽不完全，里面却像藏着珠子的样子。等他来到，我教他拿出来给你看一看。"

"在这树荫底下坐着，真舒服呀！我们天天到这里来，多么好呢！"

妻说："你哪里能够……"

"为什么不能？"

"你应当作荫，不应当受荫。"

"你愿我作这样的荫么？"

"这样的荫算什么！我愿你作无边宝华盖，能普荫一切世间诸有情。愿你为如意净明珠，能普照一切世间诸有情。愿你为降魔金刚杵，能破坏一切世间诸障碍。愿你为多宝盂兰盆，能盛百味，滋养一切世间诸饥渴者。愿你有六手，十二手，百手，千万手，无量数那由他如意手，能成全一切世间等等美善事。"

我说："极善，极妙！但我愿做调味的精盐，渗入等等食品中,把自己的形骸融散,且回复当时在海里的面目,使一切有情得尝咸味,而不见盐体。"

妻子说:"只有调味,就能使一切有情都满足吗?"

我说:"盐的功用,若只在调味,那就不配称为盐了。"

山　响

群峰彼此谈得呼呼地响。它们的话语,给我猜着了。

这一峰说:"我们的衣服旧了,该换一换啦。"

那一峰说:"且慢罢,你看,我这衣服好容易从灰白色变成青绿色,又从青绿色变成珊瑚色和黄金色——质虽是旧的,可是形色还不旧。我们多穿一会罢。"

正在商量的时候,它们身上穿的,都出声哀求说:"饶了我们,让我们歇歇罢。我们的形态都变尽了,再不能为你们争体面了。"

"去罢,去罢,不穿你们也算不得什么。横竖不久我们又有新的穿。"群峰都出着气这样说。说完之后,那红的、黄的彩衣就陆续褪下来。

我们都是天衣,那不可思议的灵,不晓得甚时要把我们穿着得非常破烂,才把我们收入天橱。愿他多用一点气力,及时用我们,使我们得以早早休息。

愚妇人

从深山伸出一条蜿蜒的路，窄而且崎岖。一个樵夫在那里走着，一面唱：

鸪鹕，鸪鹕，来年莫再鸣！
鸪鹕一鸣草又生。
草木青青不过一百数十日，
到头来，又是樵夫担上薪。

鸪鹕，鸪鹕，来年莫再鸣！
鸪鹕一鸣虫又生。
百虫生来不过一百数十日，
到头来，又要纷纷扑红灯。
鸪鹕，鸪鹕，来年莫再鸣！
……

他唱时，软和的晚烟已随他的脚步把那小路封起来了，他还要往下唱，猛然看见一个健壮的老妇人坐在溪涧边，对着流水哭泣。

"你是谁？有什么难过的事？说出来，也许我能帮助你。"

"我么？唉！我……不必问了。"

樵夫心里以为她一定是个要寻短见的人，急急把担卸下，进前几步，想法子安慰她。他说："妇人，你有什么难处，请说给我听，或者我能帮助你。天色不早了，独自一人在山中是很危险的。"

妇人说："我从来就不知道什么叫做难过。自从我父母死后，我就住在这树林里。我的亲戚和同伴都叫我做石女。"她说到这里，眼泪就融下来了。往下她的话语就支离得怪难明白。过一会，她才慢慢说："我……我到这两天才知道石女的意思。"

"知道自己名字的意思，更应当喜欢，为何倒反悲伤起来？"

"我每年看见树林里的果木开花，结实；把种子种在地里，又生出新果木来。我看见我的亲戚、同伴们不上二年就有一个孩子抱在她们怀里。我想我也要像这样——不上二年就可以抱一个孩子在怀里。我心里这样说，这样盼望，到如今，六十年了！我不明白，才打听一下。呀，这一打听，叫我多么难过！我没有抱孩子的希望了……然而，我就不能像果木，比不上果木么？"

"哈，哈，哈！"樵夫大笑了，他说，"这正是你的幸运哪！抱孩子的人，比你难过得多，你为何不往下再向她们打听一下呢？我告诉你，不曾怀过胎的妇人是有福的。"

一个路旁素不相识的人所说的话，哪里能够把六十年的希望——迷梦——立时揭破呢？到现在，她的哭声，在樵夫耳边，还可以约略地听见。

落花生

蜜蜂和农人

雨刚晴,蝶儿没有蓑衣,不敢造次出来,可是瓜棚的四围,已满唱了蜜蜂的工夫诗:

彷彷,徨徨!徨徨,彷彷!
生就是这样,徨徨,彷彷!
趁机会把蜜酿。
大家帮帮忙;
别误了好时光。
彷彷,徨徨!徨徨,彷彷!

蜂虽然这样唱,那底下坐着三四个农夫却各人担着烟管在那里闲谈。

人的寿命比蜜蜂长,不必像它们那么忙么?未必如此。不过农夫们不懂它们的歌就是了。但农夫们工作时,也会唱的。他们唱的是:

村中鸡一鸣,
阳光便上升,

太阳上升好插秧。

禾秧要水养,

各人还为踏车忙。

东家莫截西家水;

西家不借东家粮。

各人只为各人忙——

"各人自扫门前雪,

不管他人瓦上霜。"

"小俄罗斯"的兵

短篱里头,一棵荔枝,结实累累。那朱红的果实,被深绿的叶子托住,更是美观。主人舍不得摘它们,也许是为这个缘故。

三两个漫游武人走来,相对说:"这棵红了,熟了,就在这里摘一点罢。"他们嫌从正门进去麻烦,就把篱笆拆开,大摇大摆地进前。一个上树,两个在底下接;一面摘,一面尝,真高兴呀!

屋里跑出一个老妇人来,哀声求他们说:"大爷们,我这棵荔枝还没有熟哩,请别作践它。等熟了,再送些给大爷们尝尝。"

树上的人说:"胡说,你不见果子已经红了么?怎么我们吃就是作践你的东西?"

落花生

"唉，我一年的生计，都看着这棵树。罢了，罢……"

"你还敢出声么？打死你算得什么？待一会，看把你这棵不中吃的树砍来做柴火烧，看你怎样。有能干，可以叫你们的人到广东吃去。我们那里也有好荔枝。"

唉，这也是战胜者、强者的权利么？

爱的痛苦

在绿荫月影底下，朗日和风之中，或急雨飘雪的时候，牛先生必要说他的真言："啊，拉夫斯偏①！"他在三百六十日中，少有不说这话的时候。

暮雨要来，带着愁容的云片，急急飞避，不识不知的蜻蜓还在庭园间遨游着。爱诵真言的牛先生闷坐在屋里，从西窗望见隔院的女友田和正抱着小弟弟玩。

姊姊把孩子的手臂咬得吃紧，擘（bò）他的两颊，摇他的身体，又掌他的小腿。孩子急得哭了。姊姊才忙忙地拥抱住他，堆着笑说："乖乖，乖乖，好孩子，好弟弟，不要哭。我疼爱你，我疼爱你！不要哭。"不一会孩子的哭声果然停了。可是弟弟刚现出笑容，姊姊又该咬他、擘他、摇他、掌他咧。

---

① "拉夫斯偏"，即love's pain的音译，爱情的痛苦的意思。

檐前的雨好像珠帘，把牛先生眼中的对象隔住。但方才那种印象，却萦回在他眼中。他把窗户关上，自己一人在屋里踱来踱去。最后，他点点头，笑了一声："哈，哈！这也是拉夫斯偏！"

他走近书桌子，坐下，提起笔来，像要写什么似的。想了半天，才写上一句七言诗。他念了几遍，就摇头，自己说："不好，不好。我不会作诗，还是随便记些起来好。"

牛先生将那句诗涂掉以后，就把他的日记拿出来写。那天他要记的事情格外多。日记里应用的空格，他在午饭后，早已填满了。他裁了一张纸，写着：

黄昏，大雨。田在西院弄她的弟弟，动起我一个感想，就是：人都喜欢见他们所爱者的愁苦，要想方法教所爱者难受。所爱者越难受，爱者越喜欢，越加爱。

一切被爱的男子，在他们的女人当中，直如小弟弟在田的膝上一样。他们也是被爱者玩弄的。

女人的爱最难给，最容易收回去。当她把爱收回去的时候，未必不是一种游戏的冲动，可是苦了别人哪。

唉，爱玩弄人的女人，你何苦来这一下！愚男子，你的苦恼，又活该呢！

牛先生写完，复看一遍，又把后面那几句涂去，说："写得太过了,太过了!"他把那张纸付贴在日记上,正要起身,老妈子把哭着的孩子抱出来,一面说:"姊姊不好,爱欺负人。不要哭,咱们找牛先生去。"

"姊姊打我!"这是孩子所能对牛先生说的话。

牛先生装作可怜的声音,忧郁的容貌,回答说:"是么?姊姊打你么?来,我看看打到哪步田地?"

孩子受他的抚慰,也就忘了痛苦,安静过来了。现在吵闹的,只剩下外间急雨的声音。

信仰的哀伤

在更阑人静的时候,伦文就要到池边对他心里所立的乐神请求说:"我怎能得着天才呢?我的天才缺乏了,我要表现的,也不能尽地表现了!天才可以像油那样,日日添注入我这盏小灯么?若是能,求你为我,注入些许。"

"我已经为你注入了。"

伦先生听见这句话,便放心回到自己的屋里。他舍不得睡,提起乐器来,一口气就制成一曲。自己奏了又奏,觉得满意,才含着笑,到卧室去。

第二天早晨,他还没有盥漱,便又把昨晚上的作品奏过几遍,随即封好,教人邮到歌剧场去。

他的作品一发表出来，许多批评随着在报上登载八九天。那些批评都很恭维他：说他是这一派，那一派。可是他又苦起来了！

在深夜的时候，他又到池边去，垂头丧气地对着池水，从口中发出颤声说："我所用的音节，不能达我的意思么？呀，我的天才丢失了！再给我注入一点罢。"

"我已经为你注入了。"

他屡次求，心中只听得这句回答。每一作品发表出来，所得的批评，每每使他忧郁不乐。最后，他把乐器摔碎了，说："我信我的天才丢了，我不再作曲子了。唉，我所依赖的，枉费你眷顾我了。"

自此以后，社会上再不能享受他的作品，他也不晓得往哪里去了。

暗　途

"我的朋友，且等一等，待我为你点着灯，才走。"

吾威听见他的朋友这样说，便笑道："哈哈，均哥，你以我为女人么？女人在夜间走路才要用火，男子，又何必呢？不用张罗，我空手回去罢，省得以后还要给你送灯回来。"

吾威的村庄和均哥所住的地方隔着几重山，路途崎岖得很厉害。若是夜间要走那条路，无论是谁，都得带灯。所以均哥一定

落花生

不让他暗中摸索回去。

均哥说:"你还是带灯好。这样的天气,又没有一点月影,在山中,难保没有危险。"

吾威说:"若想起危险,我就回去不成了……"

"那么,你今晚上就住在我这里,如何?"

"不,我总得回去,因为我的父亲和妻子都在那边等着我呢。"

"你这个人,太过执拗了。没有灯,怎么去呢?"均哥一面说,一面把点着的灯切切地递给他。他仍是坚辞不受。

他说:"若是你定要叫我带着灯走,那教我更不敢走。"

"怎么呢?"

"满山都没有光,若是我提着灯走,也不过是照得三两步远;且要累得满山的昆虫都不安。若凑巧遇见长蛇也冲着火光走来,可又怎办呢?再说,这一点的光可以把那照不着的地方越显得危险,越能使我害怕。在半途中,灯一熄灭,那就更不好办了。不如我空着手走,初时虽觉得有些妨碍,不多一会,什么都可以在幽暗中辨别一点。"

他说完,就出门。均哥还把灯提在手里,眼看着他向密林中那条小路穿进去,才摇摇头说:"天下竟有这样怪人!"

吾威在暗途中走着,耳边虽常听见飞虫、野兽的声音,然而他一点害怕也没有。在蔓草中,时常飞些萤火出来,光虽不大,可也够了。他自己说:"这是均哥想不到,也是他所不能为我点的灯。"

那晚上他没有跌倒，也没有遇见毒虫野兽，安然地到他家里。

你为什么不来

在夭桃开透、浓荫欲成的时候，谁不想伴着他心爱的人出去游逛游逛呢？在密云不飞、急雨如注的时候，谁不愿在深闺中等她心爱的人前来细谈呢？

她闷坐在一张睡椅上，紊乱的心思像窗外的雨点——东抛，西织，来回无定。在有意无意之间，又顺手拿起一把九连环慵懒懒地解着。

丫头进来说："小姐，茶点都预备好了。"

她手里还是慵懒懒地解着，口里却发出似答非答的声："……他为什么还不来？"

除窗外的雨声，和她手中轻微的银环声以外，屋里可算静极了！在这幽静的屋里，忽然从窗外伴着雨声送来几句优美的歌曲：

你放声哭，
因为我把林中善鸣的鸟笼住么？
你飞不动，
因为我把空中的雁射杀么？

你不敢进我的门，

因为我家养狗提防客人么？

因为我家养猫捕鼠，

你就不来么？

因为我的灯火没有笼罩，

烧死许多美丽的昆虫，

你就不来么？

你不肯来，

因为我有……

"有什么呢？"她听到末了这句，那紊乱的心就发出这样的问。她心中接着想：因为我约你，所以你不肯来；还是因为大雨，使你不能来呢？

海

我的朋友说："人的自由和希望，一到海面就完全失掉了！因为我们太不上算，在这无涯浪中无从显出我们有限的能力和意志。"

我说："我们浮在这上面，眼前虽不能十分如意，但后来要遇着的，或者超乎我们的能力和意志之外。所以在一个风狂浪骇的海面上，不能准说我们要到什么地方就可以达到什么地方；我们只能把性命先保持住,随着波涛颠来簸去便了。"

我们坐在一只不如意的救生船里,眼看着载我们到半海就毁坏的大船渐渐沉下去。

我的朋友说:"你看,那要载我们到目的地的船快要歇息去了!现在在这茫茫的空海中,我们可没有主意啦。"

幸而同船的人,心忧得很,没有注意听他的话。我把他的手摇了一下说:"朋友,这是你纵谈的时候么?你不帮着划桨么?"

"划桨么?这是容易的事。但要划到哪里去呢?"

我说:"在一切的海里,遇着这样的光景,谁也没有带着主意下来,谁也脱不了在上面泛来泛去。我们尽管划罢。"

梨 花

她们还在园里玩,也不理会细雨丝丝穿入她们的罗衣。池边梨花的颜色被雨洗得更白净了,但朵朵都懒懒地垂着。

姊姊说:"你看,花儿都倦得要睡了!"

"待我来摇醒他们。"

姊姊不及发言,妹妹的手早已抓住树枝摇了几下。花瓣和水珠纷纷地落下来,铺得银片满地,煞是好玩。

妹妹说:"好玩啊,花瓣一离开树枝,就活动起来了!"

"活动什么?你看,花儿的泪都滴在我身上哪。"姊姊说这话

落花生

时，带着几分怒气，推了妹妹一下。她接着说："我不和你玩了，你自己在这里罢。"

妹妹见姊姊走了，直站在树下出神。停了半晌，老妈子走来，牵着她，一面走着，说："你看，你的衣服都湿透了。在阴雨天，每日要换几次衣服，教人到哪里找太阳给你晒去呢？"

落下来的花瓣，有些被她们的鞋印入泥中；有些粘在妹妹身上，被她带走；有些浮在池面，被鱼儿衔入水里。那多情的燕子不歇把鞋印上的残瓣和软泥一同衔在口中，到梁间去，构成它们的香巢。

难解决的问题

我叫同伴到钓鱼矶去赏荷，他们都不愿意去，剩我自己走着。我走到清佳堂附近，就坐在山前一块石头上歇息。在瞻顾之间，小山后面一阵唧咕的声音夹着蝉声送到我耳边。

谁愿意在优游的天日中故意要找出人家的秘密呢？然而宇宙间的秘密都从无意中得来。所以在那时候，我不离开那里，也不把两耳掩住，任凭那些声浪在耳边荡来荡去。

劈头一声，我便听得："这实是一个难解决的问题。"

既说是难解决，自然要把怎样难的理由说出来。这理由无论是局内、局外人都爱听的。以前的话能否钻入我耳里，且不用

姊姊不及发言，妹妹底手早已抓住树枝摇了几下。花瓣和水珠纷纷地落下来，铺得银片满地，煞是好玩。

许也山

说，单是这一句，使我不能不注意。

山后的人接下去说："在这三位中，你说要哪一位才合适？梅说要等我十年；白说要等到我和别人结婚那一天；区说非嫁我不可，她要终身等我。"

"那么，你就要区罢。"

"但是梅的景况，我很了解。她的苦衷，我应当原谅。她能为了我牺牲十年的光阴，从她的境遇看来，无论如何，是很可敬的。设使梅居区的地位，她也能说，要终身等我。"

"那么，梅、区都不要，要白如何？"

"白么？也不过是她的环境使她这样达观。设使她处着梅的景况，她也只能等我十年。"

会话到这里就停了。我的注意只能移到池上，静观那被轻风摇摆的芰荷。呀，叶的那对小鸳鸯正在那里歇午哪！不晓得它们从前也曾解决过方才的问题没有？不上一分钟，后面的声音又来了。

"那么，三个都要如何？"

"笑话，就是没有理性的兽类也不这样办。"

又停了许久。

"不经过那些无用的礼节，各人快活地同过这一辈子不成吗？"

"唔……唔……唔……这是后来的话，且不必提，我们先解决目前的困难罢。我实不肯故意辜负了三位中的一位。我想用拈阄的方法瞎挑一个就得了。"

"这不更是笑话么?人间哪有这么新奇的事!她们三人中谁愿意遵你的命令,这样办呢?"

他们大笑起来。

"我们私下先拈一拈,如何?你权当做白,我自己权当做梅,剩下是区的份。"

他们由严重的密语化为滑稽的谈笑了。我怕他们要闹下坡来,不敢逗留在那里,只得先走。钓鱼矶也没去成。

爱就是刑罚

"这什么时候了,还埋头在案上写什么?快同我到海边去走走罢。"

丈夫尽管写着,没站起来,也没抬头对他妻子行个"注目笑"的礼。妻子跑到身边,要抢掉他手里的笔,他才说:"对不起,你自己去罢。船,明天一早就要开,今晚上我得把这几封信赶出来,十点钟还要送到船里的邮箱去。"

"我要人伴着我到海边去。"

"请七姨子陪你去。"

"七妹子说我嫁了,应当和你同行,她和别的同学先去了。我要你同我去。"

"我实在对不起你,今晚不能随你出去。"他们争执了许久,结果还是妻子独自出去。

丈夫低着头忙他的事体，足有四点钟工夫。那时已经十一点了，他没有进去看看那新婚的妻子回来了没有，披起大衣大踏步地出门去。

他回来，还到书房里检点一切，才进入卧房。妻子已先睡了。他们的约法：睡迟的人得亲过先睡者的嘴才许上床。所以这位少年走到床前，依法亲了妻子一下。妻子急用手在唇边来回擦了几下。那意思是表明她不受这个接吻。

丈夫不敢上床，呆呆地站在一边。一会，他走到窗前，两手支着下颌，点点的泪滴在窗棂上。他说："我从来没受过这样刑罚！你的爱，到底在哪里？"

"你说爱我，方才为什么又刑罚我，使我孤零？"妻子说完，随即起来，安慰他说，"好人，不要当真，我和你闹着玩哪。爱就是刑罚，我们能免掉么？"

债

他一向就住在妻子家里，因为他除妻子以外，没有别的亲戚。妻家的人爱他的聪明，也怜他的伶仃，所以万事都尊重他。

他的妻子早已去世，膝下又没有子女。他的生活就是念书、写字，有时还弹弹七弦。他决不是一个书呆子，因为他常要在书

落花生

内求理解，不像书呆子只求多念。

妻子的家里有很大的花园供他游玩，有许多奴仆听他使令。但他从没有特意到园里游玩，也没有呼唤过一个仆人。

在一个阴郁的天气里，人无论在什么地方都不舒服的。岳母叫他到屋里闲谈，不晓得为什么缘故就劝起他来。岳母说："我觉得自从俪儿去世以后，你就比以前格外客气。我劝你毋须如此，因为外人不知道都要怪我。看你穿成这样，还不如家里的仆人，若有生人来到，叫我怎样过得去？倘或有人欺负你，说你这长那短，尽可以告诉我，我责罚他给你看。"

"我哪里懂得客气？不过我只觉得我欠的债太多，不好意思多要什么。"

"什么债？有人问你算账么？唉，你太过见外了！我看你和自己的子侄一样，你短了什么，尽管问管家的要去。若有人敢说闲话，我定不饶他。"

"我所欠的是一切的债。我看见许多贫乏人、愁苦人，就如欠了他们无量数的债一般。我有好的衣食，总想先偿还他们。世间若有一个人吃不饱足，穿不暖和，住不舒服，我也不敢公然独享这具足的生活。"

"你说得太玄了！"她说过这话，停了半晌才接着点头说，"很好，这才是读书人'先天下之忧而忧'的精神。然而你要什么时候才还得清呢？你有清还的计划没有？"

"唔……唔……"他心里从来没有想到这个,所以不能回答。

"好孩子,这样的债,自来就没有人能还得清,你何必自寻苦恼?我想,你还是做一个小小的债主罢。说到具足生活,也是没有涯岸的:我们今日所谓具足,焉知不是明日的缺陷?你多念一点书就知道生命即是缺陷的苗圃,是烦恼的秧田。若要补修缺陷,拔除烦恼,除弃绝生命外,没有别条道路。然而,我们哪能办得到?个个人都那么怕死!你不要作这种非非想,还是顺着境遇做人去罢。"

"时间……计划……做人……"这几个字从岳母口里发出,他的耳鼓就如受了极猛烈的椎击。他想来想去,已想昏了。他为解决这事,好几天没有出来。

那天早晨,女佣端粥到他房里,没见他,心中非常疑惑。因为早晨,他没有什么地方可去。海边呢?他是不轻易到的。花园呢?他更不愿意在早晨去。因为丫头们都在那个时候到园里争摘好花去献给她们几位姑娘,他最怕见的是人家毁坏现成的东西。

女佣四围一望,蓦地看见一封信被留针刺在门上。她忙取下来,给别人一看,原来是给老夫人的。

她把信拆开,递给老夫人。上面写着:

亲爱的岳母:

你问我的话,教我实在想不出好回答。而且,因

落花生

你这一问,使我越发觉得我所负的债更重。我想做人若不能还债,就得避债,决不能教债主把他揪住,使他受苦。若论还债,依我的力量、才能,是不济事的。我得出去找几个帮忙的人。如果不能找着,再想法子。现在我去了,多谢你栽培我这么些年。我的前途,望你记念;我的往事,愿你忘却。我也要时时祝你平安。

婿容融留字

老夫人念完这信,就非常愁闷。以后,每想起她的女婿,便好几天不高兴。但不高兴尽管不高兴,女婿至终没有回来。

暾① 将出兮东方

在山中住,总要起得早,因为似醒非醒地眠着,是山中各样的朋友所憎恶的。破晓起来,不但可以静观彩云的变幻和细听鸟语的婉转;有时还从山巅、树表、溪影、村容之中给我们许多可说不可说的愉快。

我们住在山压檐牙阁里,有一次,在曙光初透的时候,大家还在床上眠着,耳边恍惚听见一队童男女的歌声,唱道:

---

① 暾(tūn):刚出的太阳。

榻上人，应觉悟！

　　晓鸡频催三两度。

　　君不见——

　　"暾将出兮东方"，

　　微光已透前村树？

　　榻上人，应觉悟！

往后又跟着一节和歌：

　　暾将出兮东方！

　　暾将出兮东方！

　　会见新曦被四表，

　　使我乐兮无央。

那歌声还接着往下唱，可惜离远了，不能听得明白。

啸虚对我说："这不是十年前你在学校里教孩子唱的么？怎么会跑到这里唱起来？"

我说："我也很诧异，因为这首歌，连我自己也早已忘了。"

"你的暮气满面，当然会把这歌忘掉。我看你现在要用赞美光明的声音去赞美黑暗哪。"

我说："不然，不然。你何尝了解我？本来，黑暗是不足诅咒，光明是毋须赞美的。光明不能增益你什么，黑暗不能妨害你什么，你以何因缘而生出差别心来？若说要赞美的话：在早晨就该赞美早晨；在日中就该赞美日中；在黄昏就该赞美黄昏；在长夜就该赞美长夜；在过去、现在、将来一切时间，就该赞美过去、现在、将来一切时间。说到诅咒，亦复如是。"

那时，朝曦已射在我们脸上，我们立即起来，计划那日的游程。

鬼　赞

你们曾否在凄凉的月夜听过鬼赞？有一次，我独自在空山里走，除远处寒潭的鱼跃出水声略可听见以外，其余种种，都被月下的冷露幽闭住。我的衣服极其润湿，我两腿也走乏了。正要转回家中，不晓得怎样就经过一区死人的聚落。我因疲极，才坐在一个祭坛上少息。在那里，看见一群幽魂高矮不齐，从各坟墓里出来。他们仿佛没有看见我，都向着我所坐的地方走来。

他们从这墓走过那墓，一排排地走着，前头唱一句，后面应一句，和举行什么巡礼一样。我也不觉得害怕，但静静地坐在一旁，听他们的唱和。

第一排唱："最有福的是谁？"

往下各排挨着次序应。

"是那曾用过视官，而今不能辨明暗的。"

"是那曾用过听官,而今不能辨声音的。"

"是那曾用过嗅官,而今不能辨香味的。"

"是那曾用过味官,而今不能辨苦甘的。"

"是那曾用过触官,而今不能辨粗细、冷暖的。"

各排应完,全体都唱:"那弃绝一切感官的有福了!我们的骷髅有福了!"

第一排的幽魂又唱:"我们的骷髅是该赞美的。我们要赞美我们的骷髅。"

领首的唱完,还是挨着次序一排排地应下去。

"我们赞美你,因为你哭的时候,再不流眼泪。"

"我们赞美你,因为你发怒的时候,再不发出紧急的气息。"

"我们赞美你,因为你悲哀的时候再不皱眉。"

"我们赞美你,因为你微笑的时候,再没有嘴唇遮住你的牙。"

"我们赞美你,因为你听见赞美的时候再没有血液在你的脉里颤动。"

"我们赞美你,因为你不肯受时间的播弄。"

全体又唱:"那弃绝一切感官的有福了!我们的骷髅有福了!"

他们把手举起来一同唱:

"人哪,你在当生、来生的时候,有泪就得尽量流;有声就得尽量唱;有苦就得尽量尝;有情就得尽量施;有欲就得尽量

落花生

取；有事就得尽量成就。等到你疲劳、等到你歇息的时候，你就有福了！"

他们诵完这段，就各自分散。一时，山中睡不熟的云直望下压，远地的丘陵都给埋没了。我险些儿也迷了路途，幸而有断断续续的鱼跃出水声从寒潭那边传来，使我稍微认得归路。

万物之母

在这经过离乱的村里，荒屋破篱之间，每日只有几缕零零落落的炊烟冒上来，那人口的稀少可想而知。你一进到无论哪个村里，最喜欢遇见的，是不是村童在阡陌间或园圃中跳来跳去，或走在你前头，或随着你步后模仿你的行动？村里若没有孩子们，就不成村落了。在这经过离乱的村里，不但没有孩子，而且有人向你要求孩子！

这里住着一个不满三十岁的寡妇，一见人来，便要求说："善心善行的人，求你对那位总爷说，把我的儿子给回。那穿虎纹衣服、戴虎儿帽的便是我的儿子。"

她的儿子被乱兵杀死已经多年了。她从不会忘记：总爷把无情的剑拔出来的时候，那穿虎纹衣服的可怜儿还用双手招着，要她搂抱。她要跑去接的时候，她的精神已和黄昏的霞光一同麻痹而熟睡了。唉，最惨的事岂不是人把寡妇怀里的独生子夺过去，且在她面前害死吗？要她在醒后把这事完全藏在她记忆的多宝箱里，可以说，比剖芥子来藏须弥还难。

她的屋里排列了许多零碎的东西，当时她儿子玩过的小团也在其中。在黄昏时候，她每把各样东西抱在怀里说："我的儿，母亲岂有不救你，不保护你的？你现在在我怀里咧。不要作声，看一会人来又把你夺去。"可是一过了黄昏，她就立刻醒悟过来，知道那所抱的不是她的儿子。

那天，她又出来找她的"命"。月的光明蒙着她，使她在不知不觉间进入村后的山里。那座山，就是白天也少有人敢进去，何况在盛夏的夜间，杂草把樵人的小径封得那么严！她一点也不害怕，攀着小树，缘着茑萝，慢慢地上去。

她坐在一块大石上歇息，无意中给她听见了一两声的儿啼。她不及判别，便说："我的儿，你藏在这里么？我来了，不要哭啦。"

她从大石下来，随着声音的来处，爬入石下一个洞里。但是里面一点东西也没有。她很疲乏，不能再爬出来，就在洞里睡了一夜。

第二天早晨，她醒时，心神还是非常恍惚。她坐在石上，耳边还留着昨晚上的儿啼声。这当然更要动她的心，所以那方从霭云被里钻出来的朝阳无力把她脸上和鼻端的珠露晒干了。她在瞻顾中，才看出对面山岩上坐着一个穿虎纹衣服的孩子。可是她看错了！那边坐着的，是一只虎子，它的声音从那边送来很像儿

落花生

啼。她立即离开所坐的地方，不管当中所隔的谷有多么深，尽管攀缘着，向那边去。不幸早露未干，所依附的都很湿滑，一失手，就把她溜到谷底。

她昏了许久才醒回来。小伤总免不了，却还能够走动。她爬着，看见身边暴露了一副小骷髅。

"我的儿，你方才不是还在山上哭着么？怎么你母亲来得迟一点，你就变成这样？"她把骷髅抱住，说，"呀，我的苦命儿，我怎能把你医治呢？"悲苦尽管悲苦，然而，自她丢了孩子以后，不能不算这是她第一次的安慰。

从早晨直到黄昏，她就坐在那里，不但不觉得饿，连水也没喝过。零星几点，已悬在天空，那天就在她的安慰中过去了。

她忽想起幼年时代，人家告诉她的神话，就立起来说："我的儿，我抱你上山顶，先为你摘两颗星星下来，嵌入你的眼眶，教你看得见，然后给你找香象的皮肉来补你的身体。可是你不要再哭，恐怕给人听见，又把你夺过去。"

"敬姑，敬姑。"找她的人们在满山中这样叫了好几声，也没有一点影响。

"也许她被那只老虎吃了。"

"不，不对。前晚那只老虎是跑下来捕云哥圈里的牛犊被打死的。如果那东西把敬姑吃了，决不再下山来赴死。我们再进深一点找罢。"

唉，他们的工夫白费了！纵然找着她，若是她还没有把星星抓在手里，她心里怎能平安，怎肯随着他们回来？

春的林野

春光在万山环抱里，更是泄漏得迟。那里的桃花还是开着；漫游的薄云从这峰飞过那峰，有时稍停一会，为的是挡住太阳，教地面的花草在它的荫下避避光焰的威吓。

岩下的荫处和山溪的旁边长满了薇蕨和其他凤尾草。红、黄、蓝、紫的小草花点缀在绿茵上头。

天中的云雀，林中的金莺，都鼓起它们的舌簧。轻风把它们的声音挤成一片，分送给山中各样有耳无耳的生物。桃花听得入神，禁不住落了几点粉泪，一片一片凝在地上。小草花听得大醉，也和着声音的节拍一会倒，一会起，没有镇定的时候。

林下一班孩子正在那里捡桃花的落瓣哪。他们捡着，清儿忽嚷起来，道："嗄，邕邕来了！"众孩子住了手，都向桃林的尽头盼望。果然邕邕也在那里摘草花。

清儿道："我们今天可要试试阿桐的本领了。若是他能办得到，我们都把花瓣穿成一串璎珞围在他身上，封他为大哥如何？"

众人都答应了。

阿桐走到邕邕面前，道："我们正等着你来呢。"

落花生

阿桐的左手盘在邕邕的脖上,一面走一面说:"今天他们要替你办嫁妆,教你做我的妻子。你能做我的妻子么?"

邕邕狠视了阿桐一下,回头用手推开他,不许他的手再搭在自己脖上。孩子们都笑得支持不住了。

众孩子嚷道:"我们见过邕邕用手推人了!阿桐赢了!"

邕邕从来不会拒绝人,阿桐怎能知道一说那话,就能使她动手呢?是春光的荡漾,把他这种心思泛出来呢?或者,天地之心就是这样呢?

你且看:漫游的薄云还是从这峰飞过那峰。

你且听:云雀和金莺的歌声还布满了空中和林中。在这万山环抱的桃林中,除那班爱闹的孩子以外,万物把春光领略得心眼都迷蒙了。

花香雾气中的梦

在覆茅涂泥的山居里,那阻不住的花香和雾气从疏帘窜进来,直扑到一对梦人身上。妻子把丈夫摇醒,说:"快起罢,我们的被褥快湿透了。怪不得我总觉得冷,原来太阳被囚在浓雾的监狱里不能出来。"

那梦中的男子,心里自有他的温暖,身外的冷与不冷他毫不介意。他没有睁开眼睛便说:"嗳呀,好香!许是你桌上的素馨露

你且看：漫游的薄云还是从这峰飞过那峰。

　　你且听：云雀和金莺底歌声还布满了空中和林中。在这万山环抱的桃林中，除那班爱闹的孩子以外，万物把春光领略得心眼都迷蒙了。

洒了罢?"

"哪里?你还在梦中哪。你且睁眼看帘外的光景。"

他果然揉了眼睛,拥着被坐起来,对妻子说:"怪不得我净梦见一群女子在微雨中游戏。若是你不叫醒我,我还要往下梦哪。"

妻子也拥着她的绒被坐起来说:"我也有梦。"

"快说给我听。"

"我梦见把你丢了。我自己一人在这山中遍处找寻你,怎么也找不着。我越过山后,只见一个美丽的女郎挽着一篮珠子向各树的花叶上头乱撒。我上前去向她问你的下落,她笑着问我:'他是谁,找他干什么?'我当然回答,他是我的丈夫——"

"原来你在梦中也记得他!"他笑着说这话,那双眼睛还显出很滑稽的样子。

妻子不喜欢了。她转过脸背着丈夫说:"你说什么话!你老是要挑剔人家的话语,我不往下说了。"她推开绒被,随即呼唤丫头预备洗脸水。

丈夫速把她揪住,央求说:"好人,我再不敢了。你往下说罢。以后若再饶舌,情愿挨罚。"

"谁稀罕罚你?"妻子把这次的和平画押了。她往下说:"那女人对我说,你在山前柚花林里藏着。我那时又像把你忘了……"

"哦,你又……不,我应许过不再说什么的;不然,我就要

落花生

挨罚了。你到底找着我没有？"

"我没有向前走，只站在一边看她撒珠子。说来也很奇怪，那些珠子粘在各花叶上都变成五彩的零露，连我的身体也沾满了。我忍不住，就问那女郎。女郎说：'东西还是一样，没有变化，因为你的心思前后不同，所以觉得变了。你认为珠子，是在我撒手之前，因为你想我这篮子决不能盛得露水。你认为露珠时，在我撒手之后，因为你想那些花叶不能留住珠子。我告诉你：你所认的不在东西，乃在使用东西的人和时间；你所爱的，不在体质，乃在体质所表的情。你怎样爱月呢？是爱那悬在空中已经老死的暗球么？你怎样爱雪呢？是爱它那种砭人肌骨的凛冽么？'"

"她一说到雪，我打了一个寒噤，便醒起来了。"

丈夫说："到底没有找着我。"

妻子一把抓住他的头发，笑说："这不是找着了吗？我说，这梦怎样？"

"凡你所梦都是好的。那女郎的话也是不错。我们最愉快的时候岂不是在接吻后，彼此的凝视吗？"他向妻子痴笑，妻子把绒被拿起来，盖在他头上，说："恶鬼！这会可不让你有第二次的凝视了。"

荼 蘼①

我常得着男子送给我的东西，总没有当它们做宝贝看。我的朋友师松却不如此，因为她从不曾受过男子的赠与。

自鸣钟敲过四下以后，山上礼拜寺的聚会就完了。男男女女像出圈的羊，争要下到山坡觅食一般。那边有一个男学生跟着我们走，他的正名字我忘记了，我只记得人家都叫他做"宗之"。他手里拿着一枝荼蘼，且行且嗅。荼蘼本不是香花，他嗅着，不过是一种无聊举动便了。

"松姑娘，这枝荼蘼送给你。"他在我们后面嚷着。松姑娘回头看见他满脸堆着笑容递着那花，就速速伸手去接。她接着说："很多谢，很多谢。"宗之只笑着点点头，随即从西边的山径转回家去。

"他给我这个，是什么意思？"

"你想他有什么意思，他就有什么意思。"我这样回答她。走不多远，我们也分途各自回家去了。

她自下午到晚上不歇把弄那枝荼蘼。那花像有极大的魔力，不让她撒手一样。她要放下时，每觉得花儿对她说："为什么离夺我？我不是从宗之手里递给你，交你照管的吗？"

呀，宗之的眼、鼻、口、齿、手、足、动作，没有一件不在

---

① 荼蘼（tú mí）：即"酴醾"。植物名，也称"佛见笑"。花白色，有香气。

落花生

花心跳跃着,没有一件不在她眼前的花枝显现出来!她心里说:"你这美男子,为甚缘故送给我这花儿?"她又想起那天经坛上的讲章,就自己回答说:"因为他顾念他使女的卑微,从今而后,万代要称我为有福。"

这是她爱荼蘼花,还是宗之爱她呢?我也说不清,只记得有一天我和宗之正坐在榕树根谈话的时候,他家的人跑来对他说:"松姑娘吃了一朵什么花,说是你给她的,现在病了。她家的人要找你去问话咧。"

他吓了一跳,也摸不着头脑,只说:"我哪时节给她东西吃?这真是……"

我说:"你细想一想。"他怎么也想不起来。我才提醒他说:"你前个月在斜道上不是给了她一朵荼蘼吗?"

"对呀,可不是给了她一朵荼蘼!可是我哪里教她吃了呢?"

"为什么你单给她,不给别人?"我这样问他。

他很直截地说:"我并没有什么意思,不过随手摘下,随手送给别人就是了。我平素送了许多东西给人,也没有什么事,怎么一朵小小的荼蘼就可使她着了魔?"

他还坐在那里沉吟,我便促他说:"你还能在这里坐着么?不管她是误会,你是有意,你既然给了她,现在就得去看她一看才是。"

"我哪有什么意思?"

我说:"你且去看看罢。蚌蛤何尝立志要生珠子呢?也不过

是外间的沙粒偶然渗入它的壳里,它就不得不用尽工夫分泌些黏液把那小沙裹起来罢了。你虽无心,可是你的花一到她手里,管保她不因花而爱起你来吗?你敢保她不把那花当做你所赐给爱的标识,就纳入她的怀中,用心里无限的情思把它围绕得非常严密吗?也许她本无心,但因你那美意的沙无意中掉在她爱的贝壳里,使她不得不如此。不用踌躇了,且去看看罢。"

宗之这才站起来,皱一皱他那副冷静的脸庞,跟着来人从林菁的深处走出去了。

七宝池上的乡思

弥陀说:"极乐世界的池上,
何来凄切的泣声?
迦陵频迦,你下去看看
是谁这样猖狂。"

于是迦陵频迦鼓着翅膀,
飞到池边一棵宝树上,
还歇在那里,引颈下望:
"咦,佛子,你岂忘了这里是天堂?
你岂不爱这里的宝林成行?

落花生

树上的花花相对,

叶叶相当?

你岂不闻这里有等等妙音充耳;

岂不见这里有等等庄严宝相?

住这样具足的乐土,

为何尽自悲伤?"

坐在宝莲上的少妇还自啜泣,合掌回答说:

"大士,这里是你的家乡,

在你,当然不觉得有何等苦况。

我的故土是在人间,

怎能教我不哭着想?

"我要来的时候,

我全身都冷却了;

但我的夫君,还用他温暖的手将我搂抱;

用他融溶的泪滴在我额头。

我要来的时候,

我全身都挺直了;

但我的夫君,还把我的四肢来回曲挠。

我要来的时候,

我全身的颜色,已变得直如死灰;

但我的夫君还用指头压我的两颊,

看看从前的粉红色能否复回。

"现在我整天坐在这里,

不时听见他的悲啼。

唉,我额上的泪痕,

我臂上的暖气,

我脸上的颜色,

我全身的关节,

都因着我夫君的声音,

烧起来,溶起来了!

我指望来这里享受快乐,

现在反憔悴了!

"呀,我要回去,

我要回去,

我要回去止住他的悲啼。

我巴不得现在就回去止住他的悲啼。"

落花生

迦陵频迦说：

"你且静一静，

我为你吹起天笙，

把你心中愁闷的垒块平一平；

且化你耳边的悲啼为欢声。

你且静一静，

我为你吹这天笙。"

"你的声不能变为爱的喷泉，

不能灭我身上一切爱痕的烈焰；

也不能变为忘的深渊，

使他将一切情愫投入里头，

不再将人惦念。

我还得回去和他相见，

去解他的眷恋。"

"呵，你这样有情，

谁还能对你劝说

向你拦禁？

回去罢，须记得这就是轮回因。"

弥陀说："善哉，迦陵！

你乃能为她说这大因缘！

纵然碎世界为微尘，

这微尘中也住着无量有情。

所以世界不尽，有情不尽；

有情不尽，轮回不尽；

轮回不尽，济度不尽；

济度不尽，乐土乃能显现不尽。"

话说完，莲瓣渐把少妇裹起来，再合成一朵菡萏低垂着。微风一吹，他荏弱得支持不住，便堕入池里。

迦陵频迦好像记不得这事，在那花花相对、叶叶相当的林中，向着别的有情歌唱去了。

银翎的使命

黄先生约我到狮子山麓阴湿的地方去找捕蝇草。那时刚过梅雨之期，远地青山还被烟霞蒸着，惟有几朵山花在我们眼前淡定地看那在溪涧里逆行的鱼儿喋着它们的残瓣。

我们沿着溪涧走。正在找寻的时候，就看见一朵大白花从上游顺流而下。我说："这时候，哪有偌大的白荷花流着呢？"

落花生

我的朋友说："你这近视鬼！你准看出那是白荷花么？我看那是……"

说时迟，来时快，那白的东西已经流到我们跟前。黄先生急把采集网拦住水面，那时，我才看出是一只鸽子。他从网里把那死的飞禽取出来，诧异说："是谁那么不仔细，把人家的传书鸽打死了！"他说时，从鸽翼下取出一封长的小信来，那信已被水浸透了。我们慢慢把它展开，披在一块石上。

"我们先看看这是从哪里来，要寄到哪里去的，然后给他寄去，如何？"我一面说，一面看着。但那上头不但地址没有，甚至上下的款识也没有。

黄先生说："我们先看看里头写的是什么，不必讲私德了。"

我笑着说："是，没有名字的信就是公的，所以我们也可以披阅一遍。"

于是我们一同念着：

你教昆儿带银翎、翠翼来，吩咐我，若是他们空着回去，就是我还平安的意思。我恐怕他知道，把这两只小宝贝寄在霞妹那里；谁知道前天她开笼搁饲料的时候，不提防把翠翼放走了！

嗳，爱者，你看翠翼没有带信回去，定然很安心，以为我还平安无事。我也很盼望你常想着我的精神和去年一样。不过现在不能不对你说的,就是过几天人就要把我接去了!我不得不叫你速速来和他计较。你一来,什么事都好办了。因为他怕的是你和他讲理。

嗳,爱者,你见信以后,必得前来,不然,就见我不着;以后只能在累累荒冢中读我的名字了,这不是我不等你,时间不让我等你哟!

我盼望银翎平平安安地带着他的使命回去。

我们念完,黄先生道:"这是怎么一回事?"

"谁能猜呢?反正是不幸的事罢了。现在要紧的,就是怎样处置这封信。我想把它贴在树上,也许有知道这事的人经过这里,可以把它带去。"我摇着头,且轻轻地把信揭起。

黄先生说:"不如拿到村里去打听一下,或者容易找出一点线索。"

我们商量之下,就另抄一张起来,仍把原信系在鸽翼底下。黄先生用采掘锹子在溪边挖了一个小坑,把鸽子葬在里头。回头为他立了一座小碑,且从水中淘出几块美丽的小石压在墓上。那墓就在山花盛开的地方,我一翻身,就把些花瓣摇下来,也落在这使者的墓上。

美的牢狱

嬿求正在镜台边理她的晨妆，见她的丈夫从远地回来，就把头拢住，问道："我所需要的你都给带回来了没有？"

"对不起！你虽是一个建筑师，或泥水匠，能为你自己建筑一座'美的牢狱'；我却不是一个转运者，不能为你搬运等等材料。"

"你念书不是念得越糊涂，便是越高深了！怎么你的话，我一点也听不懂？"

丈夫含笑说："不懂么？我知道你开口爱美，闭口爱美，多方地要求我给你带等等装饰回来；我想那些东西都围绕在你的体外，合起来，岂不是成为一座监禁你的牢狱吗？"

她静默了许久，也不做声。她的丈夫往下说："妻呀，我想你还不明白我的意思。我想所有美丽的东西，只能让他们散布在各处，我们只能在他们的出处爱他们；若是把他们聚拢起来，搁在一处，或在身上，那就不美了……"

她睁着那双柔媚的眼，摇着头说："你说得不对。你说得不对。若不剖蚌，怎能得着珠玑呢？若不开山，怎能得着金刚、玉石、玛瑙等宝物呢？而且那些东西，本来不美，必得人把它们琢磨出来，加以装饰，才能显得美丽咧。若说我要装饰，就是建筑一所美的牢狱，且把自己监在里头，且问谁不被监在这种牢狱里头呢？如果世间真有美的牢狱，像你所说，那么，我们不过是造成那牢狱的一沙一石罢了。"

"我的意思就是听其自然，连这一沙一石也毋须留存。孔雀何为自己修饰羽毛呢？芰荷何尝把它的花染红了呢？"

"所以说它们没有美感！我告诉你，你自己也早已把你的牢狱建筑好了。"

"胡说！我何曾？"

"你心中不是有许多好的想象，不是要照你的好理想去行事么？你所有的，是不是从古人曾经建筑过的牢狱里捡出其中的残片？或是在自己的世界取出来的材料呢？自然要加上一点人为才能有意思。若是我的形状和荒古时候的人一样，你还爱我吗？我准敢说，你若不好好地住在你的牢狱里头，且不时时把牢狱的墙垣垒得高高的，我也不能爱你。"

刚愎的男子，你何尝佩服女子的话？你不过会说："就是你会说话！等我思想一会儿，再与你决战。"

补破衣的老妇人

她坐在檐前，微微的雨丝飘摇下来，多半聚在她脸庞的皱纹上头。她一点也不理会，尽管收拾她的筐子。

在她的筐子里有很美丽的零剪绸缎，也有很粗陋的麻头、布尾。她从没有理会雨丝在她头、面、身体之上乱扑，只提防着筐

落花生

里那些好看的材料沾湿了。

那边来了两个小弟兄，也许他们是从学校回来。小弟弟管她叫做"衣服的外科医生"；现在见她坐在檐前，就叫了一声。

她抬起头来，望着这两个孩子笑了一笑。那脸上的皱纹虽皱得更厉害，然而生的痛苦可以从那里挤出许多，更能表明她是一个享乐天年的老婆子。

小弟弟说："医生，你只用筐里的材料在别人的衣服上，怎么自己的衣服却不管了？你看你肩脖补的那一块又该掉下来了。"

老婆子摩一摩自己的肩脖，果然随手取下一块小方布来。她笑着对小弟弟说："你的眼睛实在精明！我这块原没有用线缝住；因为早晨忙着要出来，只用浆子暂时糊着，盼望晚上回去弥补；不提防雨丝替我揭起来了！这揭得也不错。我，既如你所说，是一个衣服的外科医生，那么，我是不怕自己的衣服害病的。"

她仍是整理筐里的零剪绸缎，没理会雨丝零落在她身上。

哥哥说："我看爸爸的手册里夹着许多的零剪文件，他也是像你一样：不时地翻来翻去。他……"

弟弟插嘴说："他也是另一样的外科医生。"

老婆子把眼光射在他们身上，说："哥儿们，你们说得对了。你们的爸爸爱惜小册里的零碎文件，也和我爱惜筐里的零剪绸缎一般。他凑合多少地方的好意思，等用得着时，就把它们编连起来，成为一种新的理解。所不同的，就是他用的头脑，我用的只是指头便了。你们叫他做……"

说到这里,父亲从里面出来,问起事由,便点头说:"老婆子,你的话很中肯。我们所为,原就和你一样,东搜西罗,无非是些绸头、布尾,只配用来补补破衲袄罢了。"

父亲说完,就下了石阶,要在微雨中到葡萄园里,看看他的葡萄长芽了没有。这里孩子们还和老婆子争论着要号他们的爸爸做什么样医生。

光 的 死

光离开他的母亲去到无量无边,一切生命的世界上。因为他走的时候脸上常带着很忧郁的容貌,所以一切能思维、能造作的灵体也和他表同情;一见他,都低着头容他走过去;甚至带着泪眼避开他。

光因此更烦闷了。他走得越远,力量越不足;最后,他躺下了。他躺下的地方,正在这块大地。在他旁边有几位聪明的天文家互相议论说:"太阳的光,快要无所附丽了,因为他冷死的时期一天近似一天了。"

光垂着头,低声诉说:"唉,诸大智者,你们为何净在我母亲和我身上担忧?你们岂不明白我是为饶益你们而来么?你们从没有在我面前做过我曾为你们做的事。你们没有接纳我,也没有……"

他母亲在很远的地方，见他躺在那里叹息，就叫他回去说："我的命儿，我所爱的，你回来罢。我一天一天任你自由地离开我，原是为众生的益处；他们既不承受，你何不回来？"

光回答说："母亲，我不能回去了。因为我走遍了一切世界，遇见一切能思维、能造作的灵体，到现在还没有一句话能够对你回报。不但如此，这里还有人正诅咒我们哪！我哪有面目回去呢？我就安息在这里罢。"

他的母亲听见这话，一种幽沉的颜色早已现在脸上。他从地上慢慢走到海边，带着自己的身体、威力，一分一厘地浸入水里。母亲也跟着晕过去了。

再　会

靠窗棂坐着的那位老人家是一位航海者，刚从海外归来。他和萧老太太是少年时代的朋友，彼此虽别离了那么些年，然而他们会面时，直像忘了当中经过的日子。现在他们正谈起少年时代的旧话。

"蔚明哥，你不是二十岁的时候出海的么？"她屈着自己的指头，数了一数，才用那双被阅历染浊了的眼睛看着她的朋友说，"呀，四十五年就像我现在数着指头一样地过去了！"

老人家把手捋一捋胡子,很得意地说:"可不是!记得我到你家辞行那一天,你正在园里饲你那只小鹿。我站在你身边一棵正开着花的枇杷树下,花香和你头上的油香杂窜入我的鼻中。当时,我的别绪也不晓得要从哪里说起,但你只低头抚着小鹿。我想你那时也不能多说什么,你竟然先问一句:'要等到什么时候我们再能相见呢?'我就慢答道:'毋须多少时候。'那时,你……"

老太太接着说:"那时候的光景我也记得很清楚。当你说这句的时候,我不是说'要等再相见时,除非是黑墨有洗得白的时节'。哈哈!你去时,那缕漆黑的头发现在岂不是已被海水洗白了么?"

老人家摩摩自己的头顶,说,"对啦!这也算应验哪!可惜我总不见着芳哥,他过去多少年了?"

"唉,久了!你看我已经抱过四个孙儿了。"她说时,看着窗外几个孩子在瓜棚下玩,就指着那最高的孩子说,"你看鼎儿已经十二岁了,他公公就在他弥月后去世的。"

他们谈话时,丫头端了一盘牡蛎煎饼来。老太太举手让着蔚明哥说:"我定知道你的嗜好还没有改变,所以特地为你做这东西。"

"你记得我们少时,你母亲有一天做这样的饼给我们吃。你拿一块,吃完了才嫌饼里的牡蛎少,助料也不如我的多,闹着要把我的饼抢去。当时,你母亲说了一句话,教我常常忆起,就是：'好孩子，算了罢。助料都是搁在一起掺匀的。做的时候，谁有工夫把分量细细去分配呢？这自然是免不了有些多，有些少的，只要饼的气味好就够了。你所吃的原不定就是为你做的，可是你已经吃过，就不能再要了。'蔚明哥，你说末了这话多么感动我呢！拿这个来比我们的境遇罢：境遇虽然一个一个排列在面前，容我们有机会选择，有人选得好，有人选得歹，可是选定以后，就不能再选了。"

老人家拿起饼来吃，慢慢地说："对啦！你看我这一生净在海面生活，生活极其简单，不像你这么繁复，然而我还是像当时吃那饼一样——也就饱了。"

"我想我老是多得便宜。我的'境遇的饼'虽然多一些助料，也许好吃一些，但是我的饱足是和你一样的。"

谈旧事是多么开心的事！看这光景，他们像要把少年时代的事迹一一回溯一遍似的。但外面的孩子们不晓得因什么事闹起来，老太太先出去做判官，这里留着一位矍铄的航海者静静地坐着吃他的饼。

桥　边

我们住的地方就在桃溪溪畔。夹岸遍是桃林：桃实、桃叶映入水中，更显出溪边的静谧。真想不到仓皇出走的人还能享受这明媚的景色！我们日日在林下游玩；有时踱过溪桥，到朋友的蔗园里找新生的甘蔗吃。

这一天，我们又要到蔗园去，刚踱过桥，便见阿芳——蔗园的小主人——很忧郁地坐在桥下。

"阿芳哥，起来领我们到你园里去。"他举起头来，望了我们一眼，也没有说什么。

我哥哥说："阿芳，你不是说你一到水边就把一切的烦闷都洗掉了吗？你不是说你是水边的蜻蜓么？你看歇在水荭花上那只蜻蜓比你怎样？"

"不错。然而今天就是我第一次的忧闷。"

我们都下到岸边，围绕住他，要打听这回事。他说："方才红儿掉在水里了！"红儿是他的腹婚妻，天天都和他在一块儿玩的。我们听了他这话，都惊讶得很。哥哥说："那么，你还能在这里闷坐着吗？还不赶紧去叫人来？"

"我一回去，我妈心里的忧郁怕也要一颗一颗地结出来，像桃实一样了。我宁可独自在此忧伤，不忍使我妈妈知道。"

我的哥哥不等说完，一股气就跑到红儿家里。这里阿芳还在皱着眉头，我也眼巴巴地望着他，一声也不响。

"谁掉在水里啦？"

我一听，是红儿的声音，速回头一望，果然哥哥携着红儿来了！她笑眯眯地走到芳哥跟前，芳哥像很惊讶地望着她。很久，

落花生

他才出声说："你的话不灵了么？方才我贪着要到水边看看我的影儿，把它搁在树丫上，不留神轻风一摇，把它摇落水里。它随着流水往下流去；我回头要抱它，它已不在了。"

红儿才知道掉在水里的是她所赠与的小囝。她曾对阿芳说那小囝也叫红儿，若是把它丢了，便是丢了她。所以芳哥这么谨慎看护着。

芳哥实在以红儿所说的话是千真万真的，看今天的光景，可就教他怀疑了。他说："哦，你的话也是不准的！我这时才知道丢了你的东西不算丢了你，真把你丢了才算。"

我哥哥对红儿说："无意的话倒能教人深信，芳哥对你的信念，头一次就在无意中给你打破了。"

红儿也不着急，只优游地说："信念算什么？要真相知才有用哪。也好，我借着这个就知道他了。我们还是到蔗园去罢。"

我们一同到蔗园去，芳哥方才的忧郁也和糖汁一同吞下去了。

头　发

这村里的大道今天忽然点缀了许多好看的树叶，一直达到村外的麻栗林边。村里的人，男男女女都穿得很整齐，像举行什么大节期一样，但六月间没有重要的节期，婚礼也用不着这么张罗，到底是为甚事？

那边的男子们都唱着他们的歌，女子也都和着。我只静静地站在一边看。

一队兵押着一个壮年的比丘从大道那头进前。村里的人见他来了，歌唱得更大声。妇人们都把头发披下来，争着跪在道旁，把头发铺在道中；从远一望，直像整匹的黑练摊在那里。那位比丘从容地从众女人的头发上走过，后面的男子们都嚷着："可赞美的孔雀旗呀！"

他们这一嚷就把我提醒了。这不是倡自治的孟法师入狱的日子吗？我心里这样猜，赶到他离村里的大道远了，才转过篱笆的西边。刚一拐弯，便遇着一个少女摩着自己的头发，很懊恼地站在那里。我问她说："小姑娘，你站在此地，为你们的大师伤心么？"

"固然。但是我还咒诅我的头发为什么偏生短了，不能摊在地上，教大师脚下的尘土留下些许在上头。你说今日村里的众女子，哪一个不比我荣幸呢？"

"这有什么荣幸？若你有心恭敬你的国土和你的大师就够了。"

"咦！静藏在心里的恭敬是不够的。"

"那么，等他出狱的时候，你的头发就够长了。"

女孩子听了，非常喜欢，至于跳起来说："得先生这一祝福，我的头发在那时定能比别人长些。多谢了！"

她跳着从篱笆对面的流连子园去了。我从西边一直走，到那

落花生

麻栗林边。那里的土很湿，大师的脚印和兵士的鞋印在上头印得很分明。

疲倦的母亲

那边一个孩子靠近车窗坐着，远山，近水，一幅一幅，次第嵌入窗户，射到他的眼中。他手画着，口中还咿咿哑哑地，唱些没字曲。

在他身边坐着一个中年妇人，去支着头瞌睡。孩子转过脸来，摇了她几下，说："妈妈，你看看，外面那座山很像我家门前的呢。"

母亲举起头来，把眼略睁一睁；没有出声，又支着颐①睡去。

过一会，孩子又摇她，说："妈妈，'不要睡罢，看睡出病来了。'你且睁一睁眼看看外面八哥和牛打架呢。"

母亲把眼略略睁开，轻轻打了孩子一下；没有做声，又支着头睡去。

孩子鼓着腮，很不高兴。但过一会，他又唱起来了。

"妈妈，听我唱歌罢。"孩子对着她说了，又摇她几下。

母亲带着不喜欢的样子说："你闹什么？我都见过，都听过，

---

① 颐（yí）：书面语，指面颊、腮帮。

都知道了；你不知道我很疲乏，不容我歇一下么？"

孩子说："我们是一起出来的，怎么我还顶精神，你就疲乏起来？难道大人不如孩子么？"

车还在深林平畴之间穿行着。车中的人，除那孩子和一二个旅客以外，少有不像他母亲那么酣睡的。

处女的恐怖

深沉院落，静到极地；虽然我的脚步走在细草之上，还能惊动那伏在绿丛里的蜻蜓。我每次来到庭前，不是听见投壶的音响，便是闻得四弦的颤动；今天，连窗上铁马的轻撞声也没有了！

我心里想着这时候小坡必定在里头和人下围棋，于是轻轻走着，也不声张，就进入屋里。出乎主人的意想，跑去站在他后头，等他蓦然发觉，岂不是很有趣？但我轻揭帘子进去时，并不见小坡，只见他的妹子伏在书案上假寐。我更不好声张，还从原处蹑出来。

走不远，方才被惊的蜻蜓就用那碧玉琢成的一千只眼瞧着我。一见我来，他又鼓起云母的翅膀飞得飒飒作响。可是破岑寂的，还是屋里大踏大步的声音。我心知道小坡的妹子醒了，看见院里有客，紧紧要回避，所以不敢回头观望，让她安然走入内衙。

"四爷，四爷，我们太爷请你进来坐。"我听得是玉笙的声

落花生

音，回头便说："我已经进去了，太爷不在屋里。"

"太爷随即出来，请到屋里一候。"她揭开帘子让我进去。果然他的妹子不在了！丫头刚走到衙内院子的光景，便有一股柔和而带笑的声音送到我耳边说："外面伺候的人一个也没有，好在是西衙的四爷，若是生客，教人怎样进退？"

"来的无论生熟，都是朋友，又怕什么？"我认得这是玉笙回答她小姐的话语。

"女子怎能不怕男人，敢独自一人和他们应酬么？"

"我又何尝不是女子？你不怕，也就没有什么。"

我才知道她并不曾睡去，不过回避不及，装成那样的。我走近案边，看见一把画未成的纨扇搁在上头。正要坐下，小坡便进来了。

"老四，失迎了。舍妹跑进去，才知道你来。"

"岂敢，岂敢。请原谅我的莽撞。"我拿起纨扇问道，"这是令妹写的？"

"是。她方才就在这里写画。笔法有什么缺点，还求指教。"

"指教倒不敢！总之，这把扇是我捡得的，是没有主的，我要带它回去。"我摇着扇子这样说。

"这不是我的东西，不干我事。我叫她出来与你当面交涉。"小坡笑着向帘子那边叫，"九妹，老四要把你的扇子拿去了！"

他妹子从里面出来，我忙趋前几步——赔笑，行礼。我说：

"请饶恕我方才的唐突。"她没做声，尽管笑着。我接着说："令兄应许把这扇送给我了。"

小坡抢着说："不！我只说你们可以直接交涉。"

她还是笑着，没有做声。

我说："请九姑娘就案一挥，把这画完成了，我好立刻带走。"

但她仍不做声。她哥哥不耐烦，促她说："到底是允许人家是不允许，尽管说，害什么怕？"妹子扫了他一眼，说："人家就是这么害怕嚜。"她对我说："这是不成东西的，若是要，我改天再奉上。"

我速速说："够了，我不要更好的了。你既然应许，就将这一把赐给我罢。"于是她仍旧坐在案边，用丹青来染那纨扇。我们都在一边看她运笔。小坡笑着对妹子说："现在可不怕人了。"

"当然。"她含笑对着哥哥。自这声音发出以后，屋里、庭外，都非常沉寂，窗前也没有铁马的轻撞声。所能听见的只有画笔在笔洗里拨水的微响，和颜色在扇上的运行声。

我 想

我想什么？

我心里本有一条达到极乐园地的路，从前曾被那女人走过的；现在那人不在了，这条路不但是荒芜，并且被野草、闲花、

落花生

棘枝、绕藤占据得找不出来了！

我许久就想着这条路，不单是开给她走的，她不在，我岂不能独自来往？

但是野草、闲花这样美丽、香甜，我怎舍得把它们去掉呢？棘枝、绕藤又那样横逆、蔓延，我手里又没有器械，怎敢惹它们呢？我想独自在那路上徘徊，总没有实行的日子。

日子一久，我连那条路的方向也忘了。我只能日日跑到路口那个小池的岸边静坐，在那里怅望，和沉思那草掩、藤封的道途。

狂风一吹，野花乱坠，池中锦鱼道是好饵来了，争着上来喋喋。我所想的，也浮在水面被鱼喋入口里，复幻成泡沫吐出来，仍旧浮回空中。

鱼还是活活泼泼地游，路又不肯自己开了，我更不能把所想的撇在一边。呀！

我定睛望着上下游泳的锦鱼，我的回想也随着上下游荡。

呀，女人！你现在成为我"记忆的池"中的锦鱼了。你有时浮上来，使我得以看见你；有时沉下去，使我费神猜想你是在某片落叶底下，或某块沙石之间。

但是那条路的方向我早忘了，我只能每日坐在池边，盼望你能从水底浮上来。

乡曲的狂言

在城市住久了,每要害起村庄的相思病来。我喜欢到村庄去,不单是贪玩那不染尘垢的山水,并且爱和村里的人攀谈。我常想着到村里听庄稼人说两句愚拙的话语,胜过在都邑里领受那些智者的高谈大论。

这日,我们又跑到村里拜访耕田的隆哥。他是这小村的长者,自己耕着几亩地,还艺①一所菜园。他的生活倒是可以羡慕的。他知道我们不愿意在他矮陋的茅屋里,就让我们到篱外的瓜棚底下坐坐。

横空的长虹从前山的凹处吐出来,七色的影印在清潭的水面。我们正凝神看着,蓦然听得隆哥好像对着别人说:"冲那边走罢,这里有人。"

"我也是人,为何这里就走不得?"我们转过脸来,那人已站在我们跟前。那人一见我们,应行的礼,他也懂得。我们问过他的姓名,请他坐。隆哥看见这样,也就不做声了。

我们看他不像平常人,但他有什么毛病,我们也无从说起。他对我们说:"自从我回来,村里的人不晓得当我做个什么。我想我并没有坏意思,我也不打人,也不叫人吃亏,也不占人便宜,怎么他们就这般地欺负我——连路也不许我走?"

---

① 艺:种植。

落花生

和我同来的朋友问隆哥说:"他的职业是什么?"隆哥还没作声,他便说:"我有事做,我是有职业的人。"说着,便从口袋里掏出一本小折子来,对我的朋友说:"我是做买卖的。我做了许久了,这本折子里所记的账不晓得是人该①我的,还是我该人的,我也记不清楚,请你给我看看。"他把折子递给我的朋友,我们一同看,原来是同治年间的废折!我们忍不住大笑起来,隆哥也笑了。

隆哥怕他招笑话,想法子把他轰走。我们问起他的来历,隆哥说他从小在天津做买卖,许久没有消息,前几天刚回来的。我们才知道他是村里新回来的一个狂人。

隆哥说:"怎么一个好好的人到城市里就变成一个疯子回来?我听见人家说城里有什么疯人院,是造就这种疯子的。你们住在城里,可知道有没有这回事?"

我回答说:"笑话!疯人院是人疯了才到里边去,并不是把好好的人送到那里教疯了放出来的。"

"既然如此,为何他不到疯人院里住,反跑回来,到处骚扰?"

"那我可不知道了。"我回答时,我的朋友同时对他说:"我们也是疯人,为何不到疯人院里住?"

隆哥很诧异地问:"什么?"

我的朋友对我说:"我这话,你说对不对?认真说起来,我们

---

① 该:欠。

何尝不狂？要是方才那人才不狂呢。我们心里想什么，口又不敢说，手也不敢动，只会装出一副脸孔；倒不如他想说什么便说什么，想做什么就做什么，那分诚实，是我们做不到的。我们若想起我们那些受拘束而显出来的动作，比起他那真诚的自由行动，岂不是我们倒成了狂人？这样看来，我们才疯，他并不疯。"

隆哥不耐烦地说："今天我们都发狂了，说那个干什么？我们谈别的罢。"

瓜棚底下闲谈，不觉把印在水面上的长虹惊跑了。隆哥的儿子赶着一对白鹅向潭边来。我的精神又贯注在那纯净的家禽身上。鹅见着水也就发狂了。它们互叫了两声，便拍着翅膀趋入水里，把静明的镜面踏破。

生

我的生活好像一棵龙舌兰，一叶一叶慢慢地长起来。某一片叶在一个时期曾被那美丽的昆虫做过巢穴；某一片叶曾被小鸟们歇在上头歌唱过。现在那些叶子都落掉了！只有瘢楞①的痕迹留在干上，人也忘了某叶某叶曾经显过的样子；那些叶子曾经历过的事迹惟有龙舌兰自己可以记忆得来，可是它不能说给别人知道。

---

① 瘢楞（bān léng）：像疮疤那样凸起。

落花生

我的生活好像我手里这管笛子。它在竹林里长着的时候，许多好鸟歌唱给它听；许多猛兽长啸给它听；甚至天中的风雨雷电都不时教给它发音的方法。

它长大了，一切教师所教的都纳入它的记忆里。然而它身中仍是空空洞洞，没有什么。

做乐器者把它截下来，开几个气孔，搁在唇边一吹，它从前学的都吐露出来了。

公理战胜

那晚上要举行战胜纪念第一次的典礼，不曾尝过战苦的人们争着要尝一尝战后的甘味。式场前头的人，未到七点钟，早就挤满了。

那边一个声音说："你也来了！你可是为庆贺公理战胜来的？"这边随着回答道："我只来瞧热闹，管他公理战胜不战胜。"

在我耳边恍惚有一个说话带乡下土腔的说："一个洋皇上生日倒比什么都热闹！"

我的朋友笑了。

我郑重地对他说："你听这愚拙的话，倒很入理。"

"我也信——若说战神是洋皇帝的话。"

人声、乐声、枪声和等等杂响混在一处，几乎把我们的耳鼓震裂了。我的朋友说："你看，那边预备放烟花了，我们过去看看罢。"

我们远远站着，看那红黄蓝白诸色火花次第地冒上来。"这真好，这真好！"许多人都是这样颂扬。但这是不是颂扬公理战胜？

旁边有一个人说："你这灿烂的烟花，何尝不是地狱的火焰？若是真有个地狱，我想其中的火焰也是这般好看。"

我的朋友低声对我说："对呀，这烟花岂不是从纪念战死的人而来的？战死的苦我们没有尝到，由战死而显出来的地狱火焰我们倒看见了。"

我说："所以我们今晚的来，不是要趁热闹，乃是要凭吊那班愚昧可怜的牺牲者。"

谈论尽管谈论，烟花还是一样地放。我们的声音常是沦没在腾沸的人海里。

面　具

人面原不如那纸制的面具哟！你看那红的，黑的，白的，青的，喜笑的，悲哀的，目眦怒得欲裂的面容，无论你怎样褒奖，怎样弃嫌，他们一点也不改变。红的还是红，白的还是白，目眦

落 花 生

欲裂的还是目眦欲裂。

人面呢？颜色比那纸制的小玩意儿好而且活动，带着生气。可是你褒奖他的时候，他虽是很高兴，脸上却装出很不愿意的样子；你指摘他的时候，他虽是懊恼，脸上偏要显出勇于纳言的颜色。

人面到底是靠不住呀！我们要学面具，但不要戴它，因为面具后头应当让它空着才好。

落 花 生

我们屋后有半亩隙地①。母亲说："让它荒芜着怪可惜，既然你们那么爱吃花生，就辟来做花生园罢。"我们几姊弟和几个小丫头都很喜欢——买种的买种，动土的动土，灌园的灌园；过不了几个月，居然收获了！

妈妈说："今晚我们可以做一个收获节，也请你们爹爹来尝尝我们的新花生，如何？"我们都答应了。母亲把花生做成好几样的食品，还吩咐这节期要在园里的茅亭举行。

那晚上的天色不大好，可是爹爹也到来，实在很难得！爹爹说："你们爱吃花生么？"

---

① 隙地：空地、闲地。

我们谈到夜阑才散,所有花生食品虽然没有了,然而父亲的话现在还印在我心上。

许也山

我们都争着答应："爱！"

"谁能把花生的好处说出来？"

姊姊说："花生的气味很美。"

哥哥说："花生可以制油。"

我说："无论何等人都可以用贱价买它来吃，都喜欢吃它。这就是它的好处。"

爹爹说："花生的用处固然很多，但有一样是很可贵的。这小小的豆不像那好看的苹果、桃子、石榴，把它们的果实悬在枝上，鲜红嫩绿的颜色，令人一望而发生羡慕的心。它只把果子埋在地的，等到成熟，才容人把它挖出来。你们偶然看见一棵花生瑟缩地长在地上，不能立刻辨出它有没有果实，非得等到你接触它才能知道。"

我们都说："是的。"母亲也点点头。爹爹接下去说："所以你们要像花生，因为它是有用的，不是伟大、好看的东西。"我说："那么，人要做有用的人，不要做伟大、体面的人了。"爹爹说："这是我对于你们的希望。"

我们谈到夜阑才散，所有花生食品虽然没有了，然而父亲的话现在还印在我心上。

落花生

别　话

　　素辉病得很重，离她停息的时候不过是十二个时辰了。她丈夫坐在一边，一手支颐，一手把着病人的手臂，宁静而恳挚的眼光都注在他妻子的面上。

　　黄昏的微光一分一分地消失，幸而房里都是白的东西，眼睛不至于失了它们的辨别力。屋里的静默，早已布满了死的气色；看护妇又不进来，她的脚步声只在门外轻轻地蹀过去，好像告诉屋里的人说："生命的步履不往这里来，离这里渐次远了。"

　　强烈的电光忽然从玻璃泡里的金丝发出来。光的浪把那病人的眼睑冲开。丈夫见她这样，就回复他的希望，恳挚地说："你——你醒过来了！"

　　素辉好像没听见这话，眼望着他，只说别的。她说："嗳，珠儿的父亲，在这时候，你为什么不带她来见见我？"

　　"明天带她来。"

　　屋里又沉默了许久。

　　"珠儿的父亲哪，因为我身体软弱、多病的缘故，教你牺牲许多光阴来看顾我，还阻碍你许多比服侍我更要紧的事。我实在对你不起。我的身体实不容我……"

　　"不要紧的，服侍你也是我应当做的事。"

　　她笑。但白的被窝中所显出来的笑容并不是欢乐的标识。她说:"我很对不住你,因为我不曾为我们生下一个男儿。"

"哪里的话!女孩子更好。我爱女的。"

凄凉中的喜悦把素辉身中预备要走的魂拥回来。她的精神似乎比之前强些,一听丈夫那么说,就接着道:"女的本不足爱。你看许多人——连你——为女人惹下多少烦恼!不过是——人要懂得怎样爱女人,才能懂得怎样爱智慧。不会爱或拒绝爱女人的,纵然他没有烦恼,他是万灵中最愚蠢的人。珠儿的父亲,珠儿的父亲哪,你佩服这话么?"

这时,就是我们——旁边的人——也不能为珠儿的父亲想出一句答辞。

"我离开你以后,切不要因为我,就一辈子过那鳏(guān)夫的生活。你必要为我的缘故,依我方才的话爱别的女人。"她说到这里把那只几乎动不得的右手举起来,向枕边摸索。

"你要什么?我替你找。"

"戒指。"

丈夫把她的手扶下来,轻轻在她枕边摸出一只玉戒指来递给她。

"珠儿的父亲,这戒指虽不是我们订婚用的,却是你给我的。你可以存起来,以后再给珠儿的母亲,表明我和她的连属。除此以外,不要把我的东西给她,恐怕你要当她是我;不要把我们的旧话说给她听,恐怕她要因你的话就生出差别心,说你爱死的妇人甚于爱生的妻子。"她把戒指轻轻地套在丈夫左手的无名指上。丈夫随

落花生

着扶她的手与他的唇边略一接触。妻子对于这番厚意,只用微微睁开的眼睛看着他。除掉这样的回报,她实在不能表现什么。

丈夫说:"我应当为你做的事,都对你说过了。我再说一句,无论如何,我永久爱你。"

"咦,再过几时,你就要把我的尸体扔在荒野中了!虽然我不常住在我的身体内,可是人一离开,再等到什么时候,在什么地方才能互通我们恋爱的消息呢?若说我们将要住在天堂的话,我想我也永无再遇见你的日子,因为我们的天堂不一样。你所要住的,必不是我现在要去的。何况我还不配住在天堂?我虽不信你的神,我可信你所信的真理。纵然真理有能力,也不为我们这小小的缘故就永远把我们结在一块。珍重罢,不要爱我于离别之后。"

丈夫既不能说什么话,屋里只可让死的静寂占有了。楼底下恍惚敲了七下自鸣钟。他为尊重医院的规则,就立起来,握着素辉的手说:"我的命,再见罢,七点钟了。"

"你不要走,我还和你谈话。"

"明天我早一点来,你累了,歇歇罢。"

"你总不听我的话。"她把眼睛闭了,显出很不愿意的样子。丈夫无奈,又停住片时,但她实在累了,只管躺着,也没有什么话说。

丈夫轻轻蹑出去。一到楼口,那脚步又退后走,不肯下去。他又蹑回来,悄悄到素辉床边,见她显着昏睡的形态。枯涩的泪点滴不下来,只挂在眼睑之间。

爱流汐涨

月儿的步履已踏过嵇家的东墙了。孩子在院里已等了许久，一看见上半弧的光刚射过墙头，便忙忙跑到屋里叫道："爹爹，月儿上来了，出来给我燃香罢。"

屋里坐着一个中年的男子，他的心负了无量的愁闷。外面的月亮虽然还像去年那么圆满，那么光明，可是他对于月亮的情绪就大不如去年了。当孩子进来叫他的时候，他就起来，勉强回答说："宝璜，今晚上不必拜月，我们到院里对着月光吃些果品，回头再出去看看别人的热闹。"

孩子一听见要出去看热闹，更喜得了不得。他说："为什么今晚上不拈香呢？记得从前是妈妈点给我的。"

父亲没有回答他。但孩子的话很多，问得父亲越发伤心了。他对着孩子不甚说话，只有向月不歇地叹息。

"爹爹今晚上不舒服么？为何气喘得那么厉害？"

父亲说："是，我今晚上病了。你不是要出去看热闹么？可以教素云姐带你去，我不能去了。"

素云是一个年长的丫头。主人的心思、性地，她本十分明白，所以家里无论大小事几乎是她一人主持。她带宝璜出门，到河边看看船上和岸上各样的灯色；便中就告诉孩子说："你爹爹今晚不舒服了，我们得早一点回去才是。"

落花生

孩子说:"爹爹白天还好好的,为何晚上就害起病来?"

"唉,你记不得后天是妈妈的百日吗?"

"什么是妈妈的百日?"

"妈妈死掉,到后天是一百天的工夫。"

孩子实在不能理会那"一百日"的深密意思,素云只得说:"夜深了,咱们回家去罢。"

素云和孩子回来的时候,父亲已经躺在床上,见他们回来,就说:"你们回来了。"她跑到床前回答说:"二舍,我们回来了,晚上大哥儿可以和我同睡,我招呼他,好不好?"

父亲说:"不必。你还是睡你的罢。你把他安置好,就可以去歇息,这里没有什么事。"

这个七岁的孩子就睡在离父亲不远的一张小床上。外头的鼓乐声,和树梢的月影,把孩子嬲(niǎo)得不能睡觉。在睡眠的时候,父亲本有命令,不许说话;所以孩子只得默听着,不敢发出什么声音。

乐声远了,在近处的杂响中,最刺激孩子的,就是从父亲那里发出来的啜泣声。在孩子的思想里,大人是不会哭的。所以他很诧异地问:"爹爹,你怕黑么?大猫要来咬你么?你哭什么?"他说着就要起来,因为他也怕大猫。

父亲阻止他,说:"爹爹今晚上不舒服,没有别的事。不许起来。"

"咦，爹爹明明哭了！我每哭的时候，爹爹说我的声音像河里水声㶸㵵（xué shào）㶸㵵地响；现在爹爹的声音也和那个一样。呀，爹爹，别哭了。爹爹一哭，教宝璜怎能睡觉呢？"

孩子越说越多，弄得父亲的心绪更乱。他不能用什么话来对付孩子，只说："璜儿，我不是说过，在睡觉时不许说话么？你再说时，爹爹就不疼你了。好好地睡罢。"

孩子只复说一句："爹爹要哭，教人怎样睡得着呢？"以后他就静默了。

这晚上的催眠歌，就是父亲的抽噎声。不久，孩子也因着这声就发出微细的鼾息，屋里只有些杂响伴着父亲发出哀音。

海 世 间

　　本文主要是通过人与文鳐（传说中一种鱼鸟同体的生物）的对话来表达一种单纯而自然的艺术理想。

　　人往往喜欢从主观想象来看待世界，随着自己的意愿评判自然，看似深沉实则无聊。

　　人也只是自然的一部分，并不凌驾于自然之上，却将大自然妄分作"人造人间""自然人间"。其实人只习惯于"陆世间"，而对于不熟悉的"海世间"，也只能有些想象的认识，且又把它想象得无限复杂。就像有句话说：人类一思考，上帝就发笑。所以，作者认为："凡美丽的事物，都是这么简单的。你要求它多么繁复、热烈，那就不对了。"借文鳐之口道出了自己的艺术趣味。

我们的人间只有在想象或淡梦中能够实现罢了。一离了人造的上海社会,心里便想到此后我们要脱离等等社会律的桎梏,来享受那乐行忧违的潜龙生活;谁知道一上船,那人造人间所存的受、想、行、识,都跟着我们入了这自然的海洋!这些东西,比我们的行李还多,把这一万二千吨的小船压得两边摇荡。同行的人也知道船载得过重,要想一个好方法,教它的负担减轻一点。但谁能有出众的慧思呢?想来想去,只有吐些出来,此外更无何等妙计。

这方法虽是很平常,然而船却轻省得多了。这船原是要到新世界去的哟,可是新世界未必就是自然的人间。在水程中,虽然把衣服脱掉了,跳入海里去学大鱼的游泳,也未必是自然。要是闭眼闷坐着,还可以有一点勉强的自在。

船离陆地远了,一切远山疏树尽化行云。割不断的轻烟,缕缕丝丝从烟筒里舒放出来,慢慢地往后延展。故国里,想是有人把这烟揪住罢。不然就是我们之中有些人的离情凝结了,乘着轻烟归家去。

呀!他的魂也随着轻烟飞去了!轻烟载不起他,把他摔下来。堕落的人连浪花也要欺负他,将那如弹的水珠一颗颗射在他身上。他几度随着波涛浮沉,气力有点不足,眼看要沉没了,幸而得文鳐的哀怜,展开了帆鳍搭救他。

文鳐说:"你这人太笨了,热火燃尽的冷灰,岂能载得你这焰

落花生

红的情怀？我知道你们船中定有许多多情的人儿，动了乡思。我们一队队跟船走，又飞又泳，指望能为你们服劳，不料你们反拍着掌笑我们，驱逐我们。"

他说："你的话我们怎能懂得呢？人造的人间的人，只能懂得人造的语言罢了。"

文鳐摇着它口边那两根短须，装作很老成的样子，说："是谁给你分别的，什么叫人造人间，什么叫自然人间？只有你心里妄生差别便了。我们只有海世间和陆世间的分别，陆世间想你是经历惯的，至于海世间，你只能从想象中理会一点。你们想海里也有女神，五官六感都和你们一样，戴的什么珊瑚、珠贝，披的什么鲛纱、昆布。其实这些东西，在我们这里并非稀奇难得的宝贝，而且一说人的形态便不是神了。我们没有什么神，只有这蔚蓝的盐水是我们生命的根源。可是我们生命所从出的水，于你们反有害处。海水能夺去你们的生命。若说海里有神，你应当崇拜水，毋需再造其他的偶像。"

他听得呆了，双手扶着文鳐的帆鳍，请求它领他到海世间去。文鳐笑了，说："我明说水中你是生活不得的，你不怕丢了你的生命么？"

他说："下去一分时间，想是无妨的。我常想着海神的清洁、温柔、娴雅等等美德；又想着海底的花园有许多我不曾见过的生物和景色，恨不得有人领我下去一游。"

文鳐说:"没有什么,没有什么,不过是咸而冷的水罢了。海的美丽就是这么简单——冷而咸。你一眼就可以望见了。何必我领你呢?凡美丽的事物,都是这么简单的。你要求它多么繁复、热烈,那就不对了。海世间的生活,你是受不惯的,不如送你回船上去罢。"

那鱼一振鳍,早离了波阜,飞到舣边。他还舍不得回到这真是人造的陆世界来,眼巴巴只怅望着天涯,不信海就是方才所听的情况。从他想象里,试要构造些海的世界的光景。他的海中景物真个实现在他梦想中了。

(原刊1923年11月《小说月报》第14卷第11号)

海角的孤星

本文讲的并不是海角的风景，也没有描述星星的美丽。它所讲述的是一对爱人的故事。

一对新婚夫妻乘船去旅行，在热带神秘美丽的绿林间，丈夫对妻子说他们是一对双星，快活自在地在一起。妻子说若她死掉怎么办，丈夫说他会做个孤星。妻子有些不信，丈夫愈发赌誓说要随她去。谁知一语成谶，妻子在异地生起病来，后来竟然去世了。丈夫真的成为了海角的一颗"孤星"。而这"孤星"也没当多久，他就因太过于思念妻子，积哀成疾，死在了海上。

文章看似平白无华，却字字句句充满了情感，真实感人，读来让人唏嘘。爱人之间的感情之深，不言而喻。

一走近舷边看浪花怒放的时候,便想起我有一个朋友曾从这样的花丛中隐藏他的形骸。这个印象,就是到世界的末日,我也忘不掉。

这桩事情离现在已经十年了,然而他在我的记忆里却不像那么久远。他是和我一同出海的。新婚的妻子和他同行,他很穷,自己买不起头等舱位。但因新人不惯行旅的缘故,他乐意把平生的蓄积尽量地倾泻出来,为他妻子定了一间头等舱。他在那头等船票的佣人格上填了自己的名字,为的是要省些资财。

他在船上哪里像个新郎,简直是妻的奴隶!旁人的议论,他总是不理会的。他没有什么朋友,也不愿意在船上认识什么朋友,因为他觉得同舟中只有一个人配和他说话。这冷僻的情形,凡是带着妻子出门的人都是如此,何况他是个新婚者?

船向着赤道走,他们的热爱,也随着增长了。东方人的恋爱本带着几分爆发性,纵然遇着冷气,也不容易收缩。他们要去的地方是槟榔屿附近一个新辟的小埠。下了海船,改乘小舟进去。小河边满是椰子、棕枣和树胶林。轻舟载着一对新人在这神秘的绿荫底下经过,赤道下的阳光又送了他们许多热情、热觉、热血汗。他们更觉得身外无人。

他对新人说:"这样深茂的林中,正合我们幸运的居处。我愿意和你永远住在这里。"

新人说:"这绿得不见天日的林中,只作浪人的坟墓罢了……"

落花生

他赶快截住说："你老是要说不吉利的话！然而在新婚期间，所有不吉利的语言都要变成吉利的。你没念过书，哪里知道这林中的树木所代表的意思。书里说，'椰子是得子息的徽识树'，因为椰子就是'迓子'；棕枣是表明爱与和平；树胶要把我们的身体粘得非常牢固，至于分不开。你看我们在这林中，好像双星悬在洪蒙的穹苍下一般。双星有时被雷电吓得躲藏起来，而我们常要闻见许多歌禽的妙音和无量野花的香味。算来我们比双星还快活多了。"

新人笑说："你们念书人的能干只会在女人面前搬唇弄舌罢。好听极了！听你的话语，也可以不用那发妙音的鸟儿了。有了别的声音，倒嫌噪杂咧！可是，我的人哪，设使我一旦死掉，你要怎办呢？"

这一问，真个是平地起雷咧！但不晓得新婚的人何以常要发出这样的问。不错的，死的恐怖，本是和快乐的愿望一齐来的呀。他的眉不由得不皱起来了，酸楚的心却拥出一副笑脸，说："那么，我也可以做个孤星。"

"咦，恐怕孤不了罢。"

"那么，我随着你去，如何？"他不忍看着他的新人，掉头出去向着流水，两行热泪滴下来，正和船头激成的水珠结合起来。新人见他如此，自然要后悔，但也不能对她丈夫忏悔，因为这种悲哀的霉菌，众生都曾由母亲的胎里传染下来，谁也没法医治的。她只能说："得啦，又伤心什么？你不是说我们在这时间里，凡有不吉利的话语，都是吉利的么？你何不当作一种吉利话听？"她笑着，举起丈夫的手，用他的袖口，帮助他擦眼泪。

他急得把妻子的手摔开说："我自己会擦。我的悲哀不是你所能擦，更不是你用我的手所能灭掉的，你容我哭一会罢。我自己知道很穷，将要养不起你，所以你……"

妻子急了，急掩着他的口，说："你又来了。谁有这样的心思？你要哭，哭你的，不许再往下说了。"

这对相对无言的新夫妇，在沉默中随着流水湾行，一直驶入林荫深处。自然他们此后定要享受些安泰的生活。然而在那邮件难通的林中，我们何从知道他们的光景？

三年的工夫，一点消息也没有！我以为他们已在林中做了人外的人，也就渐渐把他们忘了。这时，我的旅期已到，买舟从槟榔屿回来。在二等舱上，我遇见一位很熟的旅客。我左右思量，总想不起他的名姓，幸而他还认识我，他一见我便叫我说："落君，我又和你同船回国了！你还记得我吗？我想我病得这样难看，你决不能想起我是谁。"他说我想不起，我倒想起来了。

我很惊讶，因为他实在是病得很厉害了。我看见他妻子不在身边，只有一个咿哑学舌的小婴孩躺在床上。不用问，也可断定那是他的子息。

他倒把别来的情形给我说了。他说："自从我们到那里，她就

落花生

病起来。第二年，她生下这个女孩，就病得更厉害了。唉，幸运只许你空想的！你看她没有和我一同回来，就知道我现在确是成为孤星了。"

我看他憔悴的病容，委实不敢往下动问，但他好像很有精神，愿意把一切的情节都说给我听似的。他说话时，小孩子老不容他畅快地说。没有母亲的孩子，格外爱哭，他又不得不抚慰她。因此，我也不愿意扰他，只说："另日你精神清爽的时候，我再来和你谈罢。"我说完，就走出来。

那晚上，经过马来海峡，船震荡得很。满船的人，多犯了"海病"。第二天，浪平了。我见管舱的侍者，手忙脚乱地拿着一个麻袋，往他的舱里进去。一问，才知道他已经死了。侍者把他的尸洗净，用细台布裹好，拿了些废铁、几块煤炭，一同放入袋里，缝起来。他的小女儿还不知这是怎么一回事，只咿哑地说了一两句不相干的话。她会叫"爸爸""我要你抱""我要那个"等简单的话。在这时，人们也没工夫理会她、调戏她了，她只独自说自己的。

黄昏一到，他的丧礼，也要预备举行了。侍者把麻袋拿到船后的舷边，烧了些楷钱，口中不晓得念了些什么，念完就把麻袋推入水里。那时船的推进机停了一会，隆隆之声一时也静默了。船中知道这事的人都远远站着看，虽和他没有什么情谊，然而在那时候却不免起敬的。这不是从友谊来的恭敬，本是非常难得，他竟然承受了！

他的海葬礼行过以后，就有许多人谈到他生平的历史和境遇。我也钻入队里去听人家怎样说他。有些人说他妻子怎样好，怎样可爱。他的病完全是因为他妻子的死，积哀所致的。照他的话，他妻子葬在万绿丛中，他却葬在不可测量的碧晶岩里了。

旁边有个印度人，拈着他那一大缕红胡子，笑着说："女人就是悲哀的萌蘖，谁叫他如此？我们要避掉悲哀，非先避掉女人的纠缠不可。我们常要把小女儿献给殑①河神，一来可以得着神惠，二来省得她长大了，又成为一个使人悲哀的恶魔。"

我摇头说："这只有你们印度人办得到罢了，我们可不愿意这样办。诚然，女人是悲哀的萌蘖，可是我们宁愿悲哀和她同来，也不能不要她。我们宁愿她嫁了才死，虽然使她丈夫悲哀至于死亡，也是好的。要知道丧妻的悲哀是极神圣的悲哀。"

日落了，蔚蓝的天多半被淡薄的晚云涂成灰白色。在云缝中，隐约露出一两颗星星。金星从东边的海涯升起来，由薄云里射出它的光辉。小女孩还和平时一样，不懂得什么是可悲的事。她只顾抱住一个客人的腿，绵软的小手指着空外的金星，说："星！我要那个！"她那副嬉笑的面庞，迥不像个孤儿。

（原刊1923年11月《小说月报》第14卷第11号）

---

① 殑（jìng）迦：古印度河名，即恒河。

上 景 山

  小小的一座景山，见证了明清两代王朝的数百年兴衰。許地山的《上景山》是在民国初年所写，记述了他在景山上的所见所感。

  他在景山上观望首都之景，从建筑面向南方的现象联想到了政治社会的利益与规律；他因门楼上的大字而联想到了古代的强盗，并谴责了白痴强盗皇帝、没有禁忌和道德的大盗以及大盗中的斯文贼；他看到一群一群旋飞的鸽子，感怀了这种古典的娱乐；他看到东残西缺的万寿亭，澄清了关于景山的一系列说法；他因名称多变的明耻楼，想起了北伐军的口号；最后，他又从景山上崇祯殉国的那株槐树，发出了解放民族的深思……

无论哪一季，登景山最合宜的时间是在清早或下午三点以后。晴天，眼界可以望到天涯的朦胧处；雨天，可以赏雨脚的长度和电光的迅射；雪天，可以令人咀嚼着无色界的滋味。

在万春亭上坐着，定神看北上门后的马路（从前路在门前，如今路在门后）尽是行人和车马，路边的梓树都已掉了叶子。不错，已经立冬了，今年天气可有点怪，到现在还没冻冰。多谢芰荷的业主把残茎都去掉，教我们能看见紫禁城外护城河的水光还在闪烁着。

神武门上是关闭得严严地。最讨厌的是楼前那枝很长的旗杆，侮辱了整个建筑的庄严。门楼两旁树它一对，不成吗？禁城上时时有人在走着，恐怕都是外国的游人。

皇宫一所一所排列着，非常整齐。怎么一个那么不讲纪律的民族，会建筑这么严整的宫廷？我对着一片黄瓦这样想着。不，说不讲纪律未免有点过火，我们可以说这民族是把旧的纪律忘掉，正在找一个新的咧。新的找不着，终久还要回来的。北京房子，皇宫也算在里头，主要的建筑都是向南的，谁也没有这样强迫过建筑者，说非这样修不可。但纪律因为利益所在，在不言中被遵守了。夏天受着解愠的熏风，冬天接着可爱的暖日，只要守着盖房子的法则，这利益是不用争而来的。所以我们要问，在我们的政治社会里有这样的熏风和暖日吗？

最初在崖壁上写大字铭功的是强盗的老师，我眼睛看着神

落花生

武门上的几个大字,心里想着李斯。皇帝也是强盗的一种,是个白痴强盗。他抢了天下,把自己监禁在宫中,把一切宝物聚在身边,以为他是富有天下。这样一代过一代,到头来还是被他的糊涂奴仆,或贪婪臣宰,讨、瞒、偷、换,到连性命也不定保得住。这岂不是个白痴强盗?在白痴强盗底下才会产出大盗和小偷来。一个小偷,多少总要有一点跳女墙钻狗洞的本领,有他的禁忌,有他的信仰和道德。大盗只会利用他的奴性去请托攀缘,自赞赞他,禁忌固然没有,道德更不必提。谁也不能不承认盗贼是寄生人类的一种,但最可杀的是那班为大盗之一的斯文贼。他们不像小偷为延命去营鼠雀的生活;也不像一般的大盗,凭着自己的勇敢去抢天下。所以明火打劫的强盗最恨的是斯文贼。这里我又联想到张献忠。有一次他开科取士,檄诸州举贡生员,后至者妻女充院,本犯剥皮,有司教官斩,连坐十家。诸生到时,他要他们在一丈见方的大黄旗上写个帅字,字画要像斗的粗大,还要一笔写成。一个生员王志道缚草为笔,用大缸贮墨汁将草笔泡在缸里,三天,再取出来写,果然一笔写成了。他以为可以讨张献忠的喜欢,谁知献忠说:"他日图我必定是你。"立即把他杀来祭旗。献忠对待念书人是多么痛快。他知道他们是寄生的寄生。他的使命是来杀他们。

　　东城西城的天空中,时见一群一群旋飞的鸽子。除去打麻雀,逛窑子,上酒楼以外,这也是一种古典的娱乐。这种娱乐也来得群众化一点。它能在空中发出和悦的响声，翩翩地飞绕着，教人觉得在一个灰白色的冷天，满天乱飞乱叫的老鸹的讨厌。然而在刮大风的时候，若是你有勇气上景山的最高处，看看天安门楼屋脊上的鸦群，噪叫的声音是听不见，它们随风飞扬，直像从什么大树飘下来的败叶，凌乱得有意思。

万春亭周围被挖得东一沟，西一窟，据说是管宫的当局挖来试看煤山是不是个大煤堆，像历来的传说所传的，我心里暗笑信这说的人们。是不是因为北宋亡国的时候，都人在城被围时，拆毁艮岳①的建筑木材去充柴火，所以计画建筑北京的人预先堆起一大堆煤，万一都城被围的时候，人民可以不拆宫殿。这是笨想头。若是我来计画，最好来一个米山。米在万急的时候，也可以生吃，煤可无论如何吃不得。又有人说景山是太行的最终一峰，这也是瞎说。从西山往东几十里平原，可怎么不偏不颇在北京城当中出了一座景山？若说北京的建设就是对着景山的子午②，为什么不对北海的琼岛？我想景山明是开紫禁城外的护城河所积的土，琼岛也是垒积从北海挖出来的土而成的。

从亭后的栝树缝里远远看见鼓楼。地安门前后的大街，人马默默地走，城市的喧嚣声，一点也听不见。鼓楼是不让正阳门那

---

① 艮岳：宋代的著名宫苑。初名万岁山，后改名艮岳、寿岳。1127年金人攻陷汴京后被拆毁。
② 子午：古人以"子"为北，"午"为南。子午即南北中轴线。

落花生

样雄壮地挺着。它的名字，改了又改，一会是明耻楼，一会又是齐政楼，现在大概又是明耻楼吧。明耻不难，雪耻得努力。只怕市民能明白那耻的还不多，想来是多么可怜。记得前几年"三民主义""帝国主义"这套名词随着北伐军到北平的时候，市民看些篆字标语，好像都明白各人蒙着无上的耻辱，而这耻辱是由于帝国主义的压迫。所以大家也随声附和，唱着打倒和推翻。

从山上下来，崇祯殉国的地方依然是那棵半死的槐树。据说树上原有一条链子锁着，庚子联军入京以后就不见了，现在那枯槁的部分，还有一个大洞，当时的链痕还隐约可以看见。义和团运动的结果，从解放这棵树发展到解放这民族。这是一件多么可以发人深思的对象呢？山后的柏树发出幽恬的香气，好像是对于这地方的永远供物。

寿皇殿锁闭得严严的，因为谁也不愿意努尔哈赤的种类再做白痴的梦。每年的祭祀不举行了，庄严的神乐再也不能听见，只有从乡间进城来唱秧歌的孩子们，在墙外打的锣鼓，有时还可以送到殿前。

到景山门，回头仰望顶上方才所坐的地方，人都下来了。树上几只很面熟却不认得的鸟在叫着。亭里残破的古佛还坐着结那没人能懂的手印。

（原刊1934年12月《太白》第1卷第6期）

先农坛

先农坛，在北京市永定门内天坛的西面，是明、清帝王祭祀农神之所。

作者在一个秋冬之日走进了先农坛，满眼枯败的草木和破败的建筑，显得十分萧瑟。字里行间透露出作者对古物被破坏的哀伤。

文中对松树的描写很是传神："人对着松树是不会失望的，它能给人一种兴奋，虽然树上留着许多枯枝丫，看来越发增加它的壮美……千年百年是那么立着，藤萝缠它，薜荔粘它，都不怕，反而使它更优越更秀丽。"平添了文章的亮色，让人感到一种挺立在秋冬萧瑟中的力量。

落花生

　　曾经一度繁华过的香厂，现在剩下些破烂不堪的房子，偶尔经过，只见大兵们在广场上练国技。往南再走，摆地摊的犹如往日，只是好东西越来越少，到处都看见外国来的空酒瓶，香水樽，胭脂盒，乃至簇新的东洋瓷器，估衣[①]摊上的不入时的衣服，"一块八""两块四"叫卖的伙计连翻带滚地兜揽，买主没有，看主却是很多。

　　在一条凹凸得别具一格的马路上走，不觉进了先农坛的地界。从前在坛里惟一的新建筑——"四面钟"，如今只剩一座空洞的高台，四围的柏树早已变成富人们的棺材或家私了。东边一座礼拜寺是新的。球场上还有人在那里练习。绵羊三五群，遍地披着枯黄的草根。风稍微一动，尘土便随着飞起，可惜颜色太坏，若是雪白或朱红，岂不是很好的国货化妆材料？

　　到坛北门，照例买票进去。古柏依旧，茶座全空。大兵们住在大殿里，很好看的门窗，都被拆作柴火烧了。希望北平市游览区划定以后，可以有一笔大款来修理。北平的旧建筑，渐次少了，房主不断地卖折货。像最近的定王府，原是明朝胡大海的府邸，论起建筑的年代足有五百多年。假若政府有心保存北平古物，决不至于让市民随意拆毁。拆一间是少一间。现在坛里，大兵拆起公有建筑来了。爱国得先从爱惜公共的产业做起，得先从

---

① 估（gù）衣：出售的旧衣服。

爱惜历史的陈迹做起。

观耕台上坐着一男一女，正在密谈，心情的热真能抵御环境的冷。桃树柳树都脱掉叶衣，做三冬的长眠，风摇鸟唤，都不听见。雩坛①边的鹿，伶俐的眼睛瞭望着过路的人。游客本来有三两个，它们见了格外相亲。在那么空旷的园囿，本不必拦着它们，只要四围开上七八尺深的沟，斜削沟的里壁，使当中成一个圆丘，鹿放在当中，虽没遮拦也跳不上来。这样，园景必定优美得多。星云坛比岳渎坛更破烂不堪。干蒿败艾，满布在砖缝瓦罅（xià）之间，拂人衣裾，便发出一种清越的香味。老松在夕阳底下默然站着。人说它像盘旋的虬龙，我说它像开屏的孔雀，一颗一颗的松球，衬着暗绿的针叶，远望着更像得很。松是中国人的理想性格，画家没有人不喜欢画它。孔子说它后凋还是屈了它，应当说它不凋才对。英国人对于橡树的情感就和中国人对于松树的一样。中国人爱松并不尽是因为它长寿，乃是因它当飘风飞雪的时节能够站得住，生机不断，可发荣的时间一到，便又青绿起来。人对着松树是不会失望的，它能给人一种兴奋，虽然树上留着许多枯枝丫，看来越发增加它的壮美。就是枯死，也不像别的树木等闲地倒下来。千年百年是那么立着，藤萝缠它，薜荔粘它，都不怕，反而使它更优越更秀丽。古人说松籁好听得像龙吟。龙吟我们没有听过，可是它所发出

---

① 雩（yú）坛：古时祈雨时所设的高台。

落花生

的逸韵,真能使人忘掉名利,动出尘①的想头。可是要记得这样的声音,决不是一寸一尺的小松所能发出,非要经得百千年的磨练,受过风霜或者吃过斧斤的亏,能够立得定以后,是做不到的。所以当年壮的时候,应学松柏的抵抗力,忍耐力和增进力;到年衰的时候,也不妨送出清越的籁。

  对着松树坐了半天。金黄色的霞光已经收了,不免离开雩坛直出大门。门外前几年挖的战壕,还没填满。羊群领着我向着归路。道边放着一担菊花,卖花人站在一家门口与那淡妆的女郎讲价,不提防担里的黄花教羊吃了几棵。那人索性将两棵带泥丸的菊花向羊群猛掷过去,口里骂:"你等死的羊孙子!"可也没奈何。吃剩的花散布在道上,也教车轮碾碎了。

(原刊1935年1月《太白》第1卷第9期)

---

① 出尘:旧时指超出尘俗之外,也指清高的意思。

人对着松树是不会失望的,它能给人一种兴奋,虽然树上留着许多枯枝丫,看来越发增加它的壮美。

许也山

忆卢沟桥

大家也许都听说过卢沟桥，俗话说："卢沟桥的狮子——数不清"；这座桥又因为"七七事变"，与中华民族的爱国感情连在了一起。许地山先生曾在1933年的春天，为寻访一座古佛而来到卢沟桥。

卢沟桥因地处兵马往来要塞，留下许多炮火的痕迹。许地山先生不免感怀，想起卢沟桥上发生过的许多可悲可恨可歌可泣的故事，读来令人感慨，历史和沧桑似乎成为了卢沟桥的标志。

卢沟桥是什么时候修建的呢？在这桥上又发生了哪些可悲可泣的故事？让我们随着许地山先生的文字，去看一看吧！

落花生

　　记得离北平以前,最后到卢沟桥,是在二十二年①的春天。我与同事刘兆蕙先生在一个清早由广安门顺着大道步行,经过大井村,已是十点多钟。参拜了义井庵的千手观音,就在大悲阁外少憩。那菩萨像有三丈多高,是金铜铸成的,体相还好,不过屋宇倾颓,香烟零落,也许是因为求愿的人们发生了求财赔本求子丧妻的事情罢。这次的出游本是为访求另一尊铜佛而来的。我听见从宛平城来的人告诉我那城附近有所古庙塌了,其中许多金铜佛像,年代都是很古的。为知识上的兴趣,不得不去采访一下。大井村的千手观音是有著录的,所以也顺便去看看。

　　出大井村,在官道上,巍然立着一座牌坊,是乾隆四十年(1775年)建的。坊东面额书"经环同轨",西面是"荡平归极"。建坊的原意不得而知,将来能够用来做凯旋门那就最合宜不过了。

　　春天的燕(yān)郊,若没有大风,就很可以使人流连。树干上或土墙边蜗牛在画着银色的涎路。它们慢慢移动,像不知道它们的小介壳以外还有什么宇宙似的。柳塘边的雏鸭披着淡黄色的毸(rǒng)毛,映着嫩绿的新叶;游泳时,微波随蹼翻起,泛成一弯一弯动着的曲纹,这都是生趣的示现。走乏了,且在路边的墓园少住一回。刘先生站在一座很美丽的窣堵波上,要我给他拍照。在榆树荫覆之下,我们没感到路上太阳的酷烈。寂静的墓园

---

① 二十二年:指民国二十二年(1933年)。

里，虽没有什么名花，野卉倒也长得顶得意的。忙碌的蜜蜂，两只小腿粘着些许花粉，还在采集着。蚂蚁为争一条烂残的蚱蜢腿，在枯藤的根本上争斗着。落网的小蝶，一片翅膀已失掉效用，还在挣扎着。这也是生趣的示现，不过意味有点不同罢了。

闲谈着，已见日丽中天，前面宛平城也在域之内了。宛平城在卢沟桥北，建于明崇祯十年（1637年），名叫"拱北城"，周围不及二里，只有两个城门，北门是顺治门，南门是永昌门。清改拱北为拱极，永昌门为威严门。南门外便是卢沟桥。拱北城本来不是县城，前几年因为北平改市，县衙才移到那里去，所以规模极其简陋。从前它是个卫城，有武官常驻镇守着，一直到现在，还是一个很重要的军事地点。我们随着骆驼队进了顺治门，在前面不远，便见了永昌门。大街一条，两边多是荒地。我们到预定的地点去探访，果见一个庞大的铜佛头和一些铜像残体横陈在县立学校里的地上。拱北城内原有观音庵与兴隆寺，兴隆寺内还有许多已无可考的广慈寺的遗物，那些铜像究竟是属于哪寺的也无从知道。我们摩挲了一回，才到卢沟桥头的一家饭店午膳。

自从宛平县署移到拱北城，卢沟桥便成为县城的繁要街市。桥北的商店民居很多，还保存着从前中原数省入京孔道的规模。桥上的碑亭虽然朽坏，还矗立着。自从历年的内战，卢沟桥更成为戎马往来的要冲，加上长辛店战役的印象，使附近的居民都知道近代战争的大概情形，连小孩也知道飞机，大炮，机关枪都是做什么用的。到处墙上虽然有标语贴着的痕迹,而在色与量上可不能与卖药的广告相比。推开窗户,看着永定河的浊水穿过疏林,向东南流去,想起陈高的诗:"卢沟桥西车马多,山头白日照清波。毡卢亦有江南妇,愁听金人出塞歌。"清波不见,浑水成潮,是记述与事实的相差,抑昔日与今时的不同,就不得而知了。但想象当日桥下雅集亭的风景,以及金人所掠江南妇女,经过此地的情形,感慨便不能不触发了。

从卢沟桥上经过的可悲可恨可歌可泣的事迹,岂止被金人所掠的江南妇女那一件?可惜桥栏上蹲着的石狮子个个只会张牙咧眦结舌无言,以致许多可以稍留印迹的史实,若不随蹄尘飞散,也教轮辐压碎了。我又想着天下最有功德的是桥梁。它把天然的阻隔连络起来,它从这岸度引人们到那岸。在桥上走过的是好是歹,于它本来无关,何况在上面走的不过是长途中的一小段,它哪能知道何者是可悲可恨可泣呢?它不必记历史,反而是历史记着它。卢沟桥本名广利桥,是金大定二十七年始建,至明昌二年(公元一一八九至一一九二)修成的。它拥有世界的声名是因为曾入马哥博罗的记述。马哥博罗记作"普利桑干",而欧洲人都称它做"马哥博罗桥",倒失掉记者赞叹桑干河上一道大桥的原意了。中国人是擅于修造石桥的,在建筑上只有桥与塔可以保留得较为长久。中国的大石桥每能使人叹为鬼役神工,卢沟桥的伟大与那有名的泉州洛阳桥和漳州虎渡桥有点不同。论工程,它没有这两道桥的宏伟，然而在史迹上，它是多次系着民族安危。纵使你把桥拆掉，卢沟桥的神影是永不会被中国人忘记的。这个在"七七"事件发生以后，更使人觉得是如此。当时我只想着日军许会从古北口入北平，由北平越过这道名桥侵入中原，决想不到火头就会在我那时所站的地方发出来。

在饭店里，随便吃些烧饼，就出来，在桥上张望。铁路桥在远处平行地架着。驮煤的骆驼队随着铃铛的音节整齐地在桥上迈步。小商人与农民在雕栏下作交易上很有礼貌的计较。妇女们在桥下浣衣，乐融融地交谈。人们虽不理会国势的严重，可是从军队里宣传员口里也知道强敌已在门口。我们本不为做间谍去的，因为在桥上向路人多问了些话，便教警官注意起来，我们也自好笑。我是为当事官吏的注意而高兴，觉得他们时刻在提防着，警备着。过了桥，便望见实柘（zhè）山，苍翠的山色，指示着日斜多了几度，在砾（lì）原上流连片时，暂觉晚风拂衣，若不回转，就得住店了。"卢沟晓月"是有名的。为领略这美景，到店里住一宿，本来也值得，不过我对于晓风残月一类的景物素来不大喜爱，我爱月在黑夜里所显的光明。晓月只有垂死的光，想来是很凄凉的。还是回家罢。

我们不从原路去，就在拱北城外分道。刘先生沿着旧河床，向北回海淀去。我捡了几块石头，向着八里庄那条路走。进到阜城门，望见北海的白塔已经成为一个剪影贴在洒银的暗蓝纸上。

（原刊1939年7月《大风》旬刊第42期）

命 命 鸟

"命命鸟"这个词出自佛经故事，是指一种两头一体、不可分离之鸟。作者在这里用来指代缅甸的一对青年恋人——加陵和敏明。他俩感情融洽，互相爱慕。可就在两人都感到求婚的机会已经成熟，想永远生活在一起的时候，却遭到了双方父母的反对，理由是他俩的生肖相克。敏明的父亲甚至还找来了蛊师离间他俩……

悲伤恍惚中，敏明做了一个梦，梦到了一个美丽的极乐世界。在那里，她看到了一对命命鸟，忽然之间，敏明觉悟了，原来自己和加陵就是这对命命鸟……最后，两个相爱的人一起去了那美妙的极乐世界。

敏明坐在席上，手里拿着一本《八大人觉经》，流水似的念着。她的席在东边的窗下，早晨的日光射在她脸上，照得她的身体全然变成黄金的颜色。她不理会日光晒着她，却不歇地抬头去瞧壁上的时计，像等什么人来似的。

那所屋子是佛教青年会的法轮学校。地上满铺了日本花席，八九张矮小的几子横在两边的窗下。壁上挂的都是释迦应化的事迹，当中悬着一个卍字徽章和一个时计。一进门就知那是佛教的经堂。

敏明那天来得早一点，所以屋里还没有人。她把各样功课念过几遍，瞧壁上的时计正指着六点一刻。她用手挡住眉头，望着窗外低声地说："这时候还不来上学，莫不是还没有起床？"

敏明所等的是一位男同学加陵。他们是七八年的老同学，年纪也是一般大。他们的感情非常的好，就是新来的同学也可以瞧得出来。

"铿铛……铿铛……"一辆电车循着铁轨从北而来，驶到学校门口停了一会。一个十五六岁的美男子从车上跳下来。他的头上包着一条苹果绿的丝巾；上身穿着一件雪白的短褂；下身围着一条紫色的丝裙；脚下踏着一双芒鞋，俨然是一位缅甸的世家子弟。这男子走进院里，脚下的芒鞋拖得拍答拍答地响。那声音传到屋里，好像告诉敏明说："加陵来了！"

敏明早已瞧见他，等他走近窗下，就含笑对他说："哼哼，加

落花生

陵！请你的早安。你来得算早，现在才六点一刻咧。"加陵回答说："你不要讥诮我，我还以为我是第一早的。"他一面说一面把芒鞋脱掉，放在门边，赤着脚走到敏明跟前坐下。

　　加陵说："昨晚上父亲给我说了好些故事，到十二点才让我去睡，所以早晨起得晚一点。你约我早来，到底有什么事？"敏明说："我要向你辞行。"加陵一听这话，眼睛立刻瞪起来，显出很惊讶的模样，说："什么？你要往哪里去？"敏明红着眼眶回答说："我的父亲说我年纪大了，书也念够了，过几天可以跟着他专心当戏子去，不必再像从前念几天唱几天那么劳碌。我现在就要退学，后天将要跟他上普朗去。"加陵说："你愿意跟他去吗？"敏明回答说："我为什么不愿意？我家以演剧为职业是你所知道的。我父亲虽是一个很有名、很能赚钱的俳优，但这几年间他的身体渐渐软弱起来，手足有点不灵活，所以他愿意我和他一块儿排演。我在这事上很有长处，也乐得顺从他的命令。"加陵说："那么，我对于你的意思就没有挽回的余地了。"敏明说："请你不必为这事纳闷。我们的离别必不能长久的。仰光是一所大城，我父亲和我必要常在这里演戏。有时到乡村去，也不过三两个星期就回来。这次到普朗去，也是要在那里耽搁八九天。请你放心……"

　　加陵听得出神，不提防外边早有五六个孩子进来，有一个顽皮的孩子跑到他们的跟前说："请'玫瑰'和'蜜蜂'的早安。"他又笑着对敏明说:"'玫瑰'花里的甘露流出来咧。"——他瞧见敏明脸上有一点泪痕,所以这样说。西边一个孩子接着说:"对呀!怪不得'蜜蜂'舍不得离开她。"加陵起身要追那孩子,被敏明拦住。她说:"别和他们胡闹。我们还是说我们的罢。"加陵坐下,敏明就接着说:"我想你不久也得转入高等学校,盼望你在念书的时候要忘了我,在休息的时候要记念我。"加陵说:"我决不会把你忘了。你若是过十天不回来,或者我会到普朗去找你。"敏明说:"不必如此。我过几天准能回来。"

说的时候,一位三十多岁的教师由南边的门进来。孩子们都起立向他行礼。教师蹲在席上,回头向加陵说:"加陵,昙摩蜱和尚叫你早晨和他出去乞食。现在六点半了,你快去罢。"加陵听了这话,立刻走到门边,把芒鞋放在屋角的架上,随手拿了一把油伞就要出门。教师对他说:"九点钟就得回来。"加陵答应一声就去了。

加陵回来,敏明已经不在她的席上。加陵心里很是难过,脸上却不露出什么不安的颜色。他坐在席上,仍然念他的书。响午的时候,那位教师说:"加陵,早晨你走得累了,下午给你半天假。"加陵一面谢过教师,一面检点他的文具,慢慢地走回家去。

加陵回到家里,他父亲婆多瓦底正在屋里嚼槟榔。一见加陵进来,忙把沫红唾出,问道:"下午放假么?"加陵说:"不是,是先生给我的假。因为早晨我跟昙摩蜱和尚出去乞食,先生说我

落花生

太累,所以给我半天假。"他父亲说:"哦,昙摩蜱在道上曾告诉你什么事情没有?"加陵答道:"他告诉我说:我的毕业期间快到了,他愿意我跟他当和尚去。他又说:这意思已经向父亲提过了。父亲啊,他实在向你提过这话么?"婆多瓦底说:"不错,他曾向我提过。我也很愿意你跟他去。不知道你怎样打算?"加陵说:"我现时有点不愿意。再过十五六年,或者能够从他。我想再入高等学校念书,盼望在其中可以得着一点西洋的学问。"他父亲诧异说:"西洋的学问!啊!我的儿,你想差了。西洋的学问不是好东西,是毒药哟。你若是有了那种学问,你就要藐视佛法了。你试瞧瞧在这里的西洋人,多半是干些杀人的勾当,做些损人利己的买卖和开些诽谤佛法的学校。什么圣保罗因斯提丢啦、圣约翰海斯苦尔啦,没有一间不是诽谤佛法的。我说你要求西洋的学问会发生危险就在这里。"加陵说:"诽谤与否,在乎自己,并不在乎外人的煽惑。若是父亲许我入圣约翰海斯苦尔,我准保能持守得住,不会受他们的诱惑。"婆多瓦底说:"我是很爱你的,你要做的事情,若是没有什么妨害,我一定允许你。要记得昨晚上我和你说的话。我一想起当日你叔叔和你的白象主(缅甸王尊号)提婆的事,就不由得我不恨西洋人。我最沉痛的是他们在蛮得勒将白象主掳去,又在瑞大光塔设驻防营。瑞大光塔是我们的圣地,他们竟然叫些行凶的人在那里住,岂不是把我们的戒律打破了吗?我盼望你不要入他们的学校,还是清清净净去当沙门。一则可以为白象主忏悔；二则可以为你的父母积福；三则为你将来往生极乐的预备。出家能得这几种好处，总比西洋的学问强得多。"加陵说："出家修行，我也很愿意。但无论如何，现在决不能办。不如一面入学，一面跟着昙摩蝉学些经典。"婆多瓦底知道劝不过来，就说："你既是决意要入别的学校，我也无可奈何。我很喜欢你跟昙摩蝉学习经典。你毕业后就转入仰光高等学校罢，那学校对于缅甸的风俗比较保存一点。"加陵说："那么，我明天就去告诉昙摩蝉和法轮学校的教师。"婆多瓦底说："也好。今天的天气很清爽，下午你又没有功课，不如在午饭后一块儿到湖里逛逛。你就叫他们开饭罢。"婆多瓦的说完，就进卧房换衣服去了。

原来加陵住的地方离绿绮湖不远。绿绮湖是仰光第一大、第一好的公园，缅甸人叫他做干多支；"绿绮"的名字是英国人替它起的。湖边满是热带植物。那些树木的颜色、形态，都是很美丽，很奇异。湖西远远望见瑞大光塔，那塔的金色光衬着湖边的椰树、蒲葵，直像王后站在水边，后面有几个宫女持着羽葆随着她一样。此外好的景致，随处都是。不论什么人，一到那里，心中的忧郁立刻消灭。加陵那天和父亲到那里去，能得许多愉快是不消说的。

过了三个月，加陵已经入了仰光高等学校。他在学校里常常思念他最爱的朋友敏明。但敏明自从那天早晨一别，老是没有消

落花生

息。有一天，加陵回家，一进门仆人就递封信给他。拆开看时，却是敏明的信。加陵才知道敏明早已回来，他等不得见父亲的面，翻身出门，直向敏明家里奔来。

敏明的家还是住在高加因路，那地方是加陵所常到的。女仆玛弥见他推门进来，忙上前迎他说："加陵君，许久不见啊！我们姑娘前天才回来的。你来得正好，待我进去告诉她。"她说完这话就速速进里边去，大声嚷道："敏明姑娘，加陵君来找你呢。快下来罢。"加陵在后面慢慢地走，待要踏入厅门，敏明已迎出来。

敏明含笑对加陵说："谁教你来的呢？这三个月不见你的信，大概因为功课忙的缘故罢？"加陵说："不错，我已经入了高等学校，每天下午还要到昙摩蜱那里……唉，好朋友，我就是有工夫，也不能写信给你。因为我抓起笔来就没了主意，不晓得要写什么才能叫你觉得我的心常常有你在里头。我想你这几个月没有信给我，也许是和我一样地犯了这种毛病。"敏明说："你猜的不错。你许久不到我屋里了，现在请你和我上去坐一会。"敏明把手搭在加陵的肩胛上，一面吩咐玛弥预备槟榔、淡巴菰和些许细点，一面携着加陵上楼。

敏明的卧室在楼西。加陵进去，瞧见里面的陈设还是和从前差不多。楼板上铺的是土耳其绒毯。窗上垂着两幅很细致的帷子。她的衾具就放在窗边。外头悬着几盆风兰。瑞大光塔的金光远远地从那里射来。靠北是卧榻，离地约一尺高，上面用上等的丝织物盖住。壁上悬着一幅提婆和率裴雅洛观剧的画片。还有好些绣垫散布在地上。加陵拿一个垫子到窗边，刚要坐下，那女仆已经把各样吃的东西捧上来。"你嚼槟榔啵。"敏明说完这话，随手送了一个槟榔到加陵嘴里，然后靠着她的镜台坐下。

加陵嚼过槟榔，就对敏明说："你这次回来，技艺必定很长进。何不把你最得意的艺术演奏起来，我好领教一下。"敏明笑说："哦，你是要瞧我演戏来的。我死也不演给你瞧。"加陵说："有什么妨碍呢？你还怕我笑你不成？快演罢，完了咱们再谈心。"敏明说："这几天我父亲刚刚教我一套雀翎舞，打算在涅槃节期到比古演奏，现在先演给你瞧罢。我先舞一次，等你瞧熟了，再奏乐和我。这舞蹈的谱可以借用'达撒罗撒'，歌调借用'恩斯民'。这两支谱，你都会吗？"加陵忙答应说："都会，都会。"

加陵善于奏巴打拉（一种竹制的乐器，详见《大清会典图》），他一听见敏明叫他奏乐，就立刻叫玛弥把那种乐器搬来。等到敏明舞过一次，他就跟着奏起来。

敏明两手拿住两把孔雀翎，舞得非常的娴熟。加陵所奏的巴打拉也还跟得上，舞过一会，加陵就奏起"恩斯民"的曲调；只听敏明唱道：

孔雀！孔雀！你不必赞我生得俊美，
　我也不必嫌你长得丑劣。

落花生

咱们是同一个身心，

同一副手脚。

我和你永远同在一个身里住着。

我就是你啊，你就是我。

别人把咱们的身体分做两个，

是他们把自己的指头压在眼上，

所以会生出这样的错。

你不要像他们这样的眼光。

要知道我就是你啊，你就是我。

敏明唱完，又舞了一会。加陵说："我今天才知道你的技艺精到这个地步。你所唱的也是很好，且把这歌曲的故事说给我听。"敏明说："这曲倒没有什么故事，不过是平常的恋歌，你能把里头的意思听出来就够了。"加陵说："那么，你这支曲是为我唱的。我也很愿意对你说：我就是你，你就是我。"

他们二人的感情几年来就渐渐浓厚。这次见面的时候，又受了那么好的感触，所以彼此的心里都承认他们求婚的机会已经成熟。

敏明愿意再帮父亲二三年才嫁，可是她没有向加陵说明。加陵起先以为敏明是一个很信佛法的女子，怕她后来要到尼庵去实行她的独身主义，所以不敢动求婚的念头。现在瞧出她的心志不在那里，他就决意回去要求婆多瓦底的同意，把她娶过来。照缅甸的风俗，子女的婚嫁本没有要求父母同意的必要。加陵很尊重他父亲的意见，所以要履行这种手续。

他们谈了半晌工夫，敏明的父亲宋志从外面进来，抬头瞧见加陵坐在窗边，就说："加陵君，别后平安啊！"加陵忙回答他，转过身来对敏明说："你父亲回来了。"敏明待下去，她父亲已经登楼。他们三人坐过一会，谈了几句客套，加陵就起身告辞。敏明说："你来的时间不短，也该回去了。你且等一等，我把这些舞具收拾清楚，再陪你在街上走几步。"

宋志眼瞧着他们出门，正要到自己屋里歇一歇，恰好玛弥上楼来收拾东西。宋志就对她说："你把那盘槟榔送到我屋里去罢。"玛弥说："这是他们剩下的，已经残了。我再给你拿些新鲜的来。"

玛弥把槟榔送到宋志屋里，见他躺在席上，好像想什么事情似的。宋志一见玛弥进来，就起身对她说："我瞧他们两人实在好得太厉害。若是敏明跟了他，我必要吃亏。你有什么好方法教他们二人的爱情冷淡没有？"玛弥说："我又不是蛊师，哪有好方法离间他们？我想主人你也不必想什么方法，敏明姑娘必不至于嫁他。因为他们一个是属蛇，一个是属鼠的（缅甸的生肖是算日的，礼拜四生的属鼠，礼拜六生的属蛇），就算我们肯将姑娘嫁给他，他的父亲也不愿意。"宋志说："你说的虽然有理，但现在生肖相克的话，好些人都不注重了。倒不如请一位蛊师来，请他在二人

落花生

身上施一点法术更为得计。"

印度支那间有一种人叫做蛊师,专用符咒替人家制造命运。有时叫没有爱情的男女,忽然发生爱情;有时将如胶似漆的夫妻化为仇敌。操这种职业的人以暹罗的僧侣最多,且最受人信仰。缅甸人操这种职业的也不少。宋志因为玛弥的话提醒他,第二天早晨他就出门找蛊师去了。

晌午的时候,宋志和蛊师沙龙回来。他让沙龙进自己的卧房。玛弥一见沙龙进来,木鸡似的站在一边。她想到昨天在无意之中说出蛊师,引起宋志今天的实行,实在对不起她的姑娘。她想到这里,就一直上楼去告诉敏明。

敏明正在屋里念书,听见这消息,急和玛弥下来。蹑步到屏后,倾耳听他们的谈话。只听沙龙说:"这事很容易办。你可以将她常用的贴身东西拿一两件来,我在那上头画些符,念些咒,然后给回她用,过几天就见功效。"宋志说:"恰好这里有她一条常用的领巾,是她昨天回来的时候忘记带上去的。这东西可用吗?"沙龙说:"可以的,但是能够得着……"

敏明听到这里已忍不住,一直走进去向父亲说:"阿爸,你何必摆弄我呢?我不是你的女儿吗?我和加陵没有什么意,请你放心。"宋志蓦地里瞧见他女儿进来,简直不知道要用什么话对付她。沙龙也停了半晌才说:"姑娘,我们不是谈你的事。请你放心。"敏明斥他说:"狡猾的人,你的计我已知道了。你快去办你的事罢。"宋志说："我的儿，你今天疯了吗？你且坐下，我慢慢给你说。"

敏明哪里肯依父亲的话，她一味和沙龙吵闹，弄得她父亲和沙龙很没趣。不久，沙龙垂着头走出来；宋志满面怒容蹲在床上吸烟；敏明也忿忿地上楼去了。

敏明那一晚上没有下来和父亲用饭。她想父亲终久会用蛊术离间他们，不由得心里难过。她躺在床上翻来覆去，绣枕早已被她的眼泪湿透了。

第二天早晨，她到镜台梳洗，从镜里瞧见她满面都是鲜红色——因为绣枕褪色，印在她的脸上——不觉笑起来。她把脸上那些印迹洗掉的时候，玛弥已捧一束鲜花、一杯咖啡上来。敏明把花放在一边，一手倚着窗棂，一手拿住茶杯向窗外出神。

她定神瞧着围绕瑞大光塔的彩云，不理会那塔的金光向她的眼睑射来，她精神因此就十分疲乏。她心里的感想和目前的光融洽，精神上现出催眠的状态。她自己觉得在瑞大光塔顶站着，听见底下的护塔铃叮叮当当地响。她又瞧见上面那些王侯所献的宝石，个个都发出很美丽的光明。她心里喜欢得很，不歇用手去摩弄，无意中把一颗大红宝石摩掉了。她忙要俯身去捡时，那宝石已经掉在地上。她定神瞧着那空儿，要求那宝石掉下的缘故，不觉有一种更美丽的宝光从那里射出来。她心里觉得很奇怪，用手扶着金壁，低下头来要瞧瞧那空儿里头的光景。不提防那壁被她

落花生

一推,渐渐向后,原来是一扇宝石的门。

那门被敏明推开之后,里面的光直射到她身上。她站在外边,望里一瞧,觉得里头的山水、树木,都是她平生所不曾见过的。她在不知不觉中,已经向前走了几十步。耳边恍惚听见有人对她说:"好啊!你回来啦。"敏明回头一看,觉得那人很熟悉,只是一时不能记出他的名字。她听见"回来"这两字,心里很是纳闷,就向那人说:"我不住在这里,为何说我回来?你是谁?我好像在哪里与你会过似的。这是什么地方?"那人笑说:"哈哈!去了这些日子,连自己家乡和平日间往来的朋友也忘了。肉体的障碍真是大哟。"敏明听了这话,简直莫名其妙。又问他说:"我是谁?有那么好福气住在这里。我真是在这里住过吗?"那人回答说:"你是谁?你自己知道。若是说你不曾住过这里,我就领你到处逛一逛,瞧你认得不认得。"

敏明听见那人要领她到处去逛逛,就忙忙答应。但所见的东西,敏明一点也记不清楚,总觉得样样都是新鲜的。那人瞧见敏明那么迷糊,就对她说:"你既然记不清,待我一件一件告诉你。"

敏明和那人走过一座碧玉牌楼。两边的树罗列成行,开着很好看的花。红的、白的、紫的、黄的,各色都备。树上有些鸟声,唱得很好听。走路时,有些微风慢慢吹来,吹得各色的花瓣纷纷掉下:有些落在人的身上;有些落在地上;有些还在空中飞来飞去。敏明的头上和肩膀上也被花瓣贴满,遍体熏得很香。那人说:"这些花木都是你的老朋友,你常和它们往来。它们的花是长年开放的。"敏明说:"这真是好地方,只是我总记不起来。"

走不多远,忽然听见很好的乐音。敏明说:"谁在那边奏乐?"那人回答说:"哪里有人奏乐,这里的声音都是发于自然的。你所听的是前面流水的声音,我们再走几步就可以瞧见。"进前几步果然有些泉水穿林而流。水面浮着奇异的花草,还有好些水鸟在那里游泳。敏明只认得些荷花、鸂鶒(xī chì),其余都不认得。那人很不惮烦,把各样的东西都告诉她。

他们二人走过一道桥,迎面立着一片琉璃墙。敏明说:"这墙真好看,是谁在里面住?"那人说:"这里头是乔答摩宣讲法要的道场。现时正在演说,好些人物都在那里聆听法音。转过这个墙角就是正门。到的时候,我领你进去听一听。"敏明贪恋外面的风景,不愿意进去。她说:"咱们逛会儿才进去罢。"那人说:"你只会听粗陋的声音,看简略的颜色和闻污劣的香味。那更好的、更微妙的,你就不理会了……好,我再和你走走,瞧你了悟不了悟。"

二人走到墙的尽头,还是穿入树林。他们踏着落花一直进前;树上的鸟声,叫得更好听。敏明抬起头来,忽然瞧见南边的树枝上有一对很美丽的鸟呆立在那里,丝毫的声音也不从它们的嘴里发出。敏明指着问那人说:"只只鸟儿都出声吟唱,为什么那对鸟儿不出声音呢?那是什么鸟?"那人说:"那是命命鸟。为什

落花生

么不唱,我可不知道。"

敏明听见"命命鸟"三字,心里似乎有点觉悟。她注神瞧着那鸟,猛然对那人说:"那可不是我和我的好朋友加陵么,为何我们都站在那里?"那人说:"是不是,你自己觉得。"敏明抢前几步,看来还是一对呆鸟。她说:"还是一对鸟儿在那里,也许是我的眼花了。"

他们绕了几个弯,当前现出一节小溪把两边的树林隔开。对岸的花草,似乎比这边更新奇。树上的花瓣也是常常掉下来。树下有许多男女:有些躺着的,有些站着的,有些坐着的。各人在那里说说笑笑,都现出很亲密的样子。敏明说:"那边的花瓣落得更妙,人也多一点,我们一同过去逛逛罢。"那人说:"对岸可不能去。那落的叫做情尘,若是往人身上落得多了就不好。"敏明说:"我不怕。你领我过去逛逛罢。"那人见敏明一定要过去,就对她说:"你必要过那边去,我可不能陪你了。你可以自己找一道桥过去。"他说完这话就不见了。敏明回头瞧见那人不在,自己循着水边,打算找一道桥过去。但找来找去总找不着,只得站在这边瞧过去。

她瞧见那些花瓣越落越多,那班男女几乎被葬在底下。有一个男子坐在对岸的水边,身上也是落满了花。一个紫衣的女子走到他跟前说:"我很爱你,你是我的命。我们是命命鸟。除你以外,我没有爱过别人。"那男子回答说:"我对于你的爱情也是如

敏明抬起头来，忽然瞧见南边的树枝上有一对很美丽的鸟呆立在那里，丝毫的声音也不从他们的嘴里发出。

此。我除了你以外不曾爱过别的女人。"紫衣女子听了，向他微笑，就离开他。走不多远，又遇着一位男子站在树下，她又向那男子说："我很爱你，你是我的命。我们是命命鸟，除你以外，我没有爱过别人。"那男子也回答说："我对于你的爱情也是如此。我除了你以外不曾爱过别的女人。"

敏明瞧见这个光景，心里因此发生了许多问题，就是：那紫衣女子为什么当面撒谎？和那两位男子的回答为什么不约而同？她回头瞧那坐在水边的男子还在那里。又有一个穿红衣的女子走到他面前，还是对他说紫衣女子所说的话。那男子的回答和从前一样，一个字也不改。敏明再瞧那紫衣女子，还是挨着次序向各个男子说话。她走远了，话语的内容虽然听不见，但她的形容老没有改变。各个男子对她也是显出同样的表情。

敏明瞧见各个女子对于各个男子所说的话都是一样；各个男子的回答也是一字不改；心里正在疑惑，忽然来了一阵狂风把对岸的花瓣刮得干干净净，那班男女立刻变成很凶恶的容貌，互相啮食起来。敏明瞧见这个光景，吓得冷汗直流。她忍不住就大声喝道："嗳呀！你们的感情真是反复无常。"

敏明手里那杯咖啡被这一喝，全都泻在她的裙上。楼下的玛弥听见楼上的喝声，也赶上来。玛弥瞧见敏明周身冷汗，扑在镜台上头，忙上前把她扶起，问道："姑娘你怎样啦？烫着了没有？"敏明醒来，不便对玛弥细说，胡乱答应几句就打发她下去。

落花生

敏明细想刚才的异象,抬头再瞧窗外的瑞大光塔,觉得那塔还是被彩云绕住,越显得十分美丽。她立起来,换过一条绛色的裙子,就坐在她的卧榻上头。她想起在树林里忽然瞧见命命鸟变做她和加陵那回事情,心中好像觉悟他们两个是这边的命命鸟,和对岸自称为命命鸟的不同。她自己笑着说:"好在你不在那边,幸亏我不能过去。"

她自经过这一场恐慌,精神上遂起了莫大的变化。对于婚姻另有一番见解,对于加陵的态度更是不像从前。加陵一点也觉不出来,只猜她是不舒服。

自从敏明回来,加陵没有一天不来找她。近日觉得敏明的精神异常,以为自己没有向她求婚,所以不高兴。加陵觉得他自己有好些难解决的问题,不能不对敏明说。第一,是他父亲愿意他去当和尚;第二,纵使准他娶妻,敏明的生肖和他不对,顽固的父亲未必承认。现在瞧见敏明这样,不由得不把衷情吐露出来。

加陵一天早晨来到敏明家里,瞧见她的态度越发冷静,就安慰她说:"好朋友,你不必忧心,日子还长呢。我在咱们的事情上头已经有了打算。父亲若是不肯,咱们最终的办法就是'照例逃走'。你这两天是不是为这事生气呢?"敏明说:"这倒不值得生气。不过这几晚睡得迟,精神有一点疲倦罢了。"

加陵以为敏明的话是真,就把前日向父亲要求的情形说给她听。他说:"好朋友,你瞧我的父亲多么固执。他一意要我去当和尚，我前天向他说些咱们的事，他还要请人来给我说法，你说好笑不好笑？"敏明说："什么法？"加陵说："那天晚上，父亲把昙摩蜱请来。我以为有别的事要和他商量，谁知他叫我到跟前教训一顿。你猜他对我讲什么经呢？好些话我都忘记了。内中有一段是很有趣、很容易记的。我且念给你听：

"佛问摩邓曰：'女爱阿难何似？'女言：'我爱阿难眼；爱阿难鼻；爱阿难口；爱阿难耳；爱阿难声音；爱阿难行步。'佛言：'眼中但有泪；鼻中但有洟；口中但有唾；耳中但有垢；身中但有屎尿，臭气不净。'

"昙摩蜱说得天花乱坠，我只是偷笑。因为身体上的污秽，人人都有，哪能因着这些小事，就把爱情割断呢？况且这经本来不合对我说，若是对你念，还可以解释得去。"

敏明听了加陵末了那句话，忙问道："我是摩邓吗？怎样说对我念就可以解释得去？"加陵知道失言，忙回答说："请你原谅，我说错了。我的意思不是说你是摩邓，是说这本经合于对女人说。"加陵本是要向敏明解嘲，不意反触犯了她。敏明听了那几句经，心里更是明白。他们两人各有各的心事，总没有尽情吐露出来。加陵坐不多会，就告辞回家去了。

涅槃节近啦。敏明的父亲直催她上比古去，加陵知道敏明明日要动身，在那晚上到她家里，为的是要给她送行。但一进门，连人影也没有。转过角门，只见玛弥在她屋里缝衣服。那时候约

落花生

在八点钟的光景。

加陵问玛弥说:"姑娘呢？"玛弥抬头见是加陵,就陪笑说:"姑娘说要去找你,你反来找她。她不曾到你家去吗？她出门已有一点钟工夫了。"加陵说:"真的么？"玛弥回了一声:"我还骗你不成。"低头还是做她的活计。加陵说:"那么,我就回去等她……你请。"

加陵知道敏明没有别处可去,她一定不会趁瑞大光塔的热闹。他回到家里,见敏明没来,就想着她一定和女伴到绿绮湖上乘凉。因为那夜的月亮亮得很,敏明和月亮很有缘,每到月圆的时候,她必招几个朋友到那里谈心。

加陵打定主意,就向绿绮湖去。到的时候,觉得湖里静寂得很。这几天是涅槃节期,各庙里都很热闹;绿绮湖的冷月没人来赏玩,是意中的事。加陵从爱德华第七的造像后面上了山坡,瞧见没人在那里,心里就有几分诧异。因为敏明每次必在那里坐,这回不见她,谅是没有来。

他走得很累,就在凳上坐一会。他在月影朦胧中瞧见地下有一件东西;捡起来看时,却是一条蝉翼纱的领巾。那巾的两端都绣一个吉祥海云的徽识,所以他认得是敏明的。

加陵知道敏明还在湖边,把领巾藏在袋里,就抽身去找她。他踏一弯虹桥,转到水边的乐亭,瞧没有人,又折回来。他在山丘上注神一望,瞧见西南边隐隐有个人影;忙上前去,见有几分像敏明。加陵蹑步到野蔷薇垣后面，意思是要吓她。他瞧见敏明好像是找什么东西似的，所以静静伏在那里看她要做什么。

敏明找了半天，随在乐亭旁边摘了一枝优钵昙花，走到湖边，向着瑞大光塔合掌礼拜。加陵见了，暗想她为什么不到瑞大光塔膜拜去？于是再蹑足走近湖边的蔷薇垣。那里离敏明礼拜的地方很近。

加陵恐怕再触犯她，所以不敢做声。只听她的祈祷：

"女弟子敏明，稽首三世诸佛：我自万劫以来，迷失本来智性；因此堕入轮回，成女人身。现在得蒙大慈，示我三生因果。我今悔悟，誓不再恋天人，致受无量苦楚。愿我今夜得除一切障碍，转生极乐国土。愿勇猛无畏阿弥陀，俯听恳求接引我。南无阿弥陀佛。"

加陵听了她这番祈祷，心里很受感动。他没有一点悲痛，竟然从蔷薇垣里跳出来，对着敏明说："好朋友，我听你刚才的祈祷，知道你厌弃这世间，要离开它。我现在也愿意和你同行。"

敏明笑道："你什么时候来的？你要和我同行，莫不你也厌世吗？"加陵说："我不厌世。因为你的原故，我愿意和你同行。我和你分不开。你到哪里，我也到哪里。"敏明说："不厌世，就不必跟我去。你要记得你父亲愿你做一个转法轮的能手。你现在不必跟我去，以后还有相见的日子。"加陵说："你说不厌世就不必死，这话有些不对。譬如我要到蛮得勒去，不是嫌恶仰光，不过

落花生

我未到过那城,所以愿意去瞧一瞧。但有些人很厌恶仰光,他巴不得立刻离开才好。现在,你是第二类的人;我是第一类的人。为什么不让我和你同行?"敏明不料加陵会来,更不料他一下就决心要跟从她。现在听他这一番话语,知道他与自己的觉悟虽然不同,但她常感得他们二人是那世界的命命鸟,所以不甚阻止他。到这时,她才把前几天的事告诉加陵。加陵听了,心里非常的喜欢,说:"有那么好的地方,为何不早告诉我?我一定离不开你了,我们一块儿去罢。"

那时月光更是明亮。树林里萤火无千无万地闪来闪去,好像那世界的人物来赴他们的喜筵一样。

加陵一手搭在敏明的肩上,一手牵着她。快到水边的时候,加陵回过脸来向敏明的唇边啜了一下。他说:"好朋友,你不亲我一下么?"敏明好像不曾听见,还是直地走。

他们走入水里,好像新婚的男女携手入洞房那般自在,毫无一点畏缩。在月光水影之中,还听见加陵说:"咱们是生命的旅客,现在要到那个新世界,实在叫我快乐得很。"

现在他们去了!月光还是照着他们所走的路;瑞大光塔远远送一点鼓乐的声音来;动物园的野兽也都为他们唱很雄壮的欢送歌;惟有那不懂人情的水,不愿意替他们守这旅行的秘密,要找机会把他们的躯壳送回来。

(原刊1921年《小说月报》12卷1号)

春 桃

　　春桃是一位逃难到城里的农家女子，她的漂亮名字除了一起过日子的向高和她的前夫李茂外，很少有人知道。这个好听的名字就像她的人一样，总是盖在她捡烂纸时带戴的破草帽下。

　　春桃和新婚丈夫李茂在逃难中失散，而后与向高有缘相遇，两人搭档在北京谋生活，日子过得倒也平静。可有一天，李茂突然出现，让春桃的生活惊起不少波澜。这三个人的命运会怎样？春桃究竟会和谁在一起？还是去文中寻找答案吧！

落花生

　　这年的夏天分外地热。街上的灯虽然亮了，胡同口那卖酸梅汤的还像唱梨花鼓的姑娘耍着他的铜碗。一个背着一大篓字纸的妇人从他面前走过，在破草帽底下虽看不清她的脸，当她与卖酸梅汤的打招呼时，却可以理会她有满口雪白的牙齿。她背上担负得很重，甚至不能把腰挺直，只如骆驼一样，庄严地一步一步踱到自己门口。

　　进门是个小院，妇人住的是塌剩下的两间厢房。院子一大部分是瓦砾。在她的门前种着一棚黄瓜，几行玉米。窗下还有十几棵晚香玉。几根朽坏的梁木横在瓜棚底下，大概是她家最高贵的坐处。她一到门前，屋里出来一个男子，忙帮着她卸下背上的重负。

　　"媳妇，今儿回来晚了。"

　　妇人望着他，像很诧异他的话。"什么意思？你想媳妇想疯啦？别叫我媳妇，我说。"她一面走进屋里，把破草帽脱下，顺手挂在门后，从水缸边取了一个小竹筒向缸里一连舀了好几次，喝得换不过气来，张了一会嘴，到瓜棚底下把篓子拖到一边，便自坐在朽梁上。

　　那男子名叫刘向高。妇人的年纪也和他差不多，在三十左右，娘家也姓刘。除掉向高以外，没人知道她的名字叫做春桃。街坊叫她做捡烂纸的刘大姑，因为她的职业是整天在街头巷尾垃圾堆里讨生活，有时沿途嚷着"烂字纸换取灯儿"。一天到晚在烈日冷风里吃尘土，可是生来爱干净，无论冬夏，每天回家，她总得净身洗脸。替她预备水的照例是向高。

向高是个乡间高小毕业生，四年前，乡里闹兵灾，全家逃散了，在道上遇见同是逃难的春桃，一同走了几百里，彼此又分开了。

她随着人到北京来，因为总布胡同里一个西洋妇人要雇一个没混过事的乡下姑娘当"阿妈"，她便被荐去上工。主妇见她长得清秀，很喜爱她。她见主人老是吃牛肉，在馒头上涂牛油，喝茶还要加牛奶，来去鼓着一阵臊味，闻不惯。有一天，主人叫她带孩子到三贝子花园去，她理会主人家的气味有点像从虎狼栏里发出来的，心里越发难过，不到两个月，便辞了工。到平常人家去，乡下人不惯当差，又挨不得骂，上工不久，又不干了。在穷途上，她自己选了这捡烂纸换取灯儿的职业，一天的生活，勉强可以维持下去。

向高与春桃分别后的历史倒很简单，他到涿州去，找不着亲人，有一两个世交，听他说是逃难来的，都不很愿意留他住下，不得已又流到北京来。由别人的介绍，他认识胡同口那卖酸梅汤的老吴，老吴借他现在住的破院子住，说明有人来赁，他得另找地方。他没事做，只帮着老吴算算账，卖卖货。他白住房子白做活，只赚两顿吃。春桃的捡纸生活渐次发达了，原住的地方，人家不许她堆货，她便沿着德胜门墙根来找住处。一敲门，正是认识的刘向高。她不用经过许多手续，便向老吴赁下这房子，也留向高住下，帮她的忙。这都是三年前的事了。他认得几个字，在

落花生

春桃捡来和换来的字纸里,也会抽出些许比较能卖钱的东西,如画片或某将军、某总长写的对联、信札之类。二人合作,事业更有进步。向高有时也教她认几个字,但没有什么功效,因为他自己认得的也不算多,解字就更难了。

他们同居这些年,生活状态,若不配说像鸳鸯,便说像一对小家雀罢。

言归正传。春桃进屋里,向高已提着一桶水在她后面跟着走。他用快活的声调说:"媳妇,快洗罢,我等饿了。今晚咱们吃点好的,烙葱花饼,赞成不赞成?若赞成,我就买葱酱去。"

"媳妇,媳妇,别这样叫,成不成?"春桃不耐烦地说。

"你答应我一声,明儿到天桥给你买一顶好帽子去。你不说帽子该换了么?"向高再要求。

"我不爱听。"

他知道妇人有点不高兴了,便转口问:"到底吃什么?说呀!"

"你爱吃什么,做什么给你吃。买去罢。"

向高买了几根葱和一碗麻酱回来,放在明间的桌上。春桃擦过澡出来,手里拿着一张红帖子。

"这又是哪一位王爷的龙凤帖!这次可别再给小市那老李了。托人拿到北京饭店去,可以多卖些钱。"

"那是咱们的。要不然,你就成了我的媳妇啦?教了你一两年的字,连自己的姓名都认不得!"

"谁认得这么些字?别媳妇媳妇的,我不爱听。这是谁写的?"

"我填的。早晨巡警来查户口,说这两天加紧戒严,哪家有多少人,都得照实报。老吴教我们把咱们写成两口子,省得麻烦。巡警也说写同居人,一男一女,不妥当。我便把上次没卖掉的那份空帖子填上了。我填的是辛未年咱们办喜事。"

"什么?辛未年?辛未年我哪儿认得你?你别捣乱啦。咱们没拜过天地,没喝过交杯酒,不算两口子。"

春桃有点不愿意,可还和平地说出来。她换了一条蓝布裤。上身是白的,脸上虽没脂粉,却呈露着天然的秀丽。若她肯嫁的话,按媒人的行情,说是二十三四的小寡妇,最少还可以值得一百八十的。

她笑着把那礼帖搓成一长条,说:"别捣乱!什么龙凤帖?烙饼吃了罢。"她掀起炉盖把纸条放进火里,随即到桌边和面。

向高说:"烧就烧罢,反正巡警已经记上咱们是两口子;若是官府查起来,我不会说龙凤帖在逃难时候丢掉的么?从今儿起,我可要叫你做媳妇了。老吴承认,巡警也承认,你不愿意,我也要叫。媳妇嗳!媳妇嗳!明天给你买帽子去,戒指我打不起。"

"你再这样叫,我可要恼了。"

"看来,你还想着那李茂。"向高的神气没像方才那么高兴。他自己说着,也不一定要春桃听见,但她已听见了。

"我想他?一夜夫妻,分散了四五年没信,可不是白想?"春

落花生

桃这样说。她曾对向高说过她出阁那天的情形。花轿进了门，客人还没坐席，前头两个村子来人说，大队兵已经到了，四处拉人挖战壕，吓得大家都逃了，新夫妇也赶紧收拾东西，随着大众望西逃。同走了一天一宿。第二宿，前面连嚷几声"胡子来了，快躲罢"，那时大家只顾躲，谁也顾不了谁。到天亮时，不见了十几个人，连她丈夫李茂也在里头。她继续方才的话说："我想他一定跟着胡子走了，也许早被人打死了。得啦，别提他啦。"

她把饼烙好了，端到桌上。向高向沙锅里舀了一碗黄瓜汤，大家没言语，吃了一顿。吃完，照例在瓜棚底下坐坐谈谈。一点点的星光在瓜叶当中闪着。凉风把萤火送到棚上，像星掉下来一般。晚香玉也渐次散出香气来，压住四围的臭味。

"好香的晚香玉！"向高摘了一朵，插在春桃的鬓上。

"别糟蹋我的晚香玉。晚上戴花，又不是窑姐儿。"她取下来，闻了一闻，便放在朽梁上头。

"怎么今儿回来晚啦？"向高问。

"吓！今儿做了一批好买卖！我下午正要回家，经过后门，瞧见清道夫推着一大车烂纸，问他从哪儿推来的，他说是从神武门甩出来的废纸。我见里面红的、黄的一大堆，便问他卖不卖；他说，你要，少算一点装去罢。你瞧！"她指着窗下那大篓，"我花了一块钱，买那一大篓！赔不赔，可不晓得，明儿捡一捡得啦。"

"宫里出来的东西没个错。我就怕学堂和洋行出来的东西，

一点点的星光在瓜叶当中闪着。凉风把萤火送到棚上,像星掉下来一般。晚香玉也渐次散出香气来。

分量又重,气味又坏,值钱不值,一点也没准。"

"近年来,街上包东西都作兴用洋报纸。不晓得哪里来的那么些看洋报纸的人。捡起来真是分量又重,又卖不出多少钱。"

"念洋书的人越多,谁都想看看洋报,将来好混混洋事。"

"他们混洋事,咱们捡洋字纸。"

"往后恐怕什么都要带上个洋字,拉车要拉洋车,赶驴要赶洋驴,也许还有洋骆驼要来。"向高把春桃逗得笑起来了。

"你先别说别人。若是给你有钱,你也想念洋书,娶个洋媳妇。"

"老天爷知道,我绝不会发财。发财也不会娶洋婆子。若是我有钱,回乡下买几亩田,咱们两个种去。"

春桃自从逃难以来,把丈夫丢了,听见"乡下"两字,总没有好感想。她说:"你还想回去?恐怕田还没买,连钱带人都没有了。没饭吃,我也不回去。"

"我说回我们锦县乡下。"

"这年头,哪一个乡下都是一样,不闹兵,便闹贼;不闹贼,便闹日本,谁敢回去?还是在这里捡捡烂纸罢。咱们现在只缺一个帮忙的人。若是多个人在家替你归着东西,你白天便可以出去摆地摊,省得货过别人手里,卖漏了。"

"我还得学三年徒弟才成,卖漏了,不怨别人,只怨自己不够眼光。这几个月来我可学了不少。邮票,哪种值钱,哪种不

落花生

值,也差不多会瞧了。大人物的信札手笔,卖得出钱,卖不出钱,也有一点把握了。前几天在那堆字纸里捡出一张康有为的字,你说今天我卖了多少?"他很高兴地伸出拇指和食指比仿着,"八毛钱!"

"说是呢!若是每天在烂纸堆里能捡出八毛钱就算顶不错,还用回乡下种田去?那不是自找罪受么?"春桃愉悦的声音就像春深的莺啼一样。她接着说:"今天这堆准保有好的给你捡。听说明天还有好些,那人教我一早到后门等他。这两天宫里的东西都赶着装箱,往南方运,库里许多烂纸都不要。我瞧见东华门外也有许多,一口袋一口袋陆续地扔出来。明儿你也打听去。"

说了许多话,不觉二更打过。她伸伸懒腰站起来说:"今天累了,歇吧!"

向高跟着她进屋里。窗户下横着土炕,够两三人睡的。在微细的灯光底下,隐约看见墙上一边贴着八仙打麻雀的谐画,一边是烟公司"还是他好"的广告画。春桃的模样,若脱去破帽子,不用说到瑞蚨祥或别的上海成衣店,只到天桥搜罗一身落伍的旗袍穿上,坐在任何草地,也与"还是他好"里那摩登女差不上下。因此,向高常对春桃说贴的是她的小照。

她上了炕,把衣服脱光了,顺手揪一张被单盖着,躺在一边。向高照例是给她按按背,捶捶腿。她每天的疲劳就是这样含着一点微笑,在小油灯的闪烁中,渐次得着苏息。在半睡的状态中,她喃喃地说:"向哥,你也睡罢,别开夜工了,明天还要早起咧。"

妇人渐次发出一点微细的鼾声,向高便把灯灭了。

一破晓,男女二人又像打食的老鸹,急飞出巢,各自办各的事情去。

刚放过午炮,什刹海的锣鼓已闹得喧天。春桃从后门出来,背着纸篓,向西不压桥这边来。在那临时市场的路口,忽然听见路边有人叫她:"春桃,春桃!"

她的小名,就是向高一年之中也罕得这样叫唤她一声。自离开乡下以后,四五年来没人这样叫过她。

"春桃,春桃,你不认得我啦?"

她不由得回头一瞧,只见路边坐着一个叫化子。那乞怜的声音从他满长了胡子的嘴发出来。他站不起来,因为他两条腿已经折了。身上穿的一件灰色的破军衣,白铁钮扣都生了锈,肩膀从肩章的破缝露出,不伦不类的军帽斜戴在头上,帽章早已不见了。

春桃望着他一声也不响。

"春桃,我是李茂呀!"

她进前两步,那人的眼泪已带着灰土透入蓬乱的胡子里。她心跳得慌,半晌说不出话来,至终说:"茂哥,你在这里当叫化子啦?你两条腿怎么丢啦?"

"嗳,说来话长。你从多咱起在这里呢?你卖的是什么?"

"卖什么!我捡烂纸咧……咱们回家再说罢。"

落花生

她雇了一辆洋车,把李茂扶上去,把篓子也放在车上,自己在后面推着。一直来到德胜门墙根,车夫帮着她把李茂扶下来。进了胡同口,老吴敲着小铜碗,一面问:"刘大姑,今儿早回家,买卖好呀?"

"来了乡亲啦。"她应酬了一句。

李茂像只小狗熊,两只手按在地上,帮助两条断腿爬着。她从口袋里拿出钥匙,开了门,引着男子进去。她把向高的衣服取一身出来,像向高每天所做的,到井边打了两桶水倒在小澡盆里教男人洗澡。洗过以后,又倒一盆水给他洗脸。然后扶他上炕坐,自己在明间也洗一回。

"春桃,你这屋里收拾得很干净,一个人住吗?"

"还有一个伙计。"春桃不迟疑地回答他。

"做起买卖来啦?"

"不告诉你就是捡烂纸么?"

"捡烂纸?一天捡得出多少钱?"

"先别盘问我,你先说你的罢。"

春桃把水泼掉,理着头发进屋里来,坐在李茂对面。

李茂开始说他的故事:

"春桃,唉,说不尽哟!我就说个大概罢。"

"自从那晚上教胡子绑去以后,因为不见了你,我恨他们,夺了他们一杆枪,打死他们两个人,拼命地逃。逃到沈阳,正巧边防军招兵，我便应了招。在营里三年，老打听家里的消息，人来都说咱们村里都变成砖瓦地了。咱们的地契也不晓得现在落在谁手里。咱们逃出来时，偏忘了带着地契。因此这几年也没告假回乡下瞧瞧。在营里告假，怕连几块钱的饷也告丢了。

"我安分当兵，指望月月关饷，至于运到升官，本不敢盼。也是我命里合该有事：去年年头，那团长忽然下一道命令，说，若团里的兵能瞄枪连中九次靶，每月要关双饷，还升差事。一团人没有一个中过四枪；中，还是不进红心。我可连发连中，不但中了九次红心，连剩下那一颗子弹，我也放了。我要显本领，背着脸，弯着腰，脑袋向地，枪从裤裆放过去，不偏不歪，正中红心。当时我心里多么快活呢。那团长教把我带上去。我心里想着总要听几句褒奖的话。不料那畜生翻了脸，愣说我是胡子，要枪毙我！他说若不是胡子，枪法决不会那么准。我的排长、队长都替我求情，担保我不是坏人，好容易不枪毙我了，可是把我的正兵革掉，连副兵也不许我当。他说，当军官的难免不得罪弟兄们，若是上前线督战，队里有个像我瞄得那么准，从后面来一枪，虽然也算阵亡，可值不得死在仇人手里。大家没话说，只劝我离开军队，找别的营生去。

"我被革了不久，日本人便占了沈阳；听说那狗团长领着他的军队先投降去了。我听见这事，愤不过，想法子要去找那奴才。我加入义勇军，在海城附近打了几个月，一面打，一面退到

落花生

关里。前个月在平谷东北边打,我去放哨,遇见敌人,伤了我两条腿。那时还能走,躲在一块大石底下,开枪打死他几个。我实在支持不住了,把枪扔掉,向田边的小道爬,等了一天、两天,还不见有红十字会或红卍字会的人来。伤口越肿越厉害,走不动又没吃的喝的,只躺在一边等死。后来可巧有一辆大车经过,赶车的把我扶了上去,送我到一个军医的帐幕。他们又不瞧,只把我扛上汽车,往后方医院送。已经伤了三天,大夫解开一瞧,说都烂了,非用锯不可。在院里住了一个多月,好是好了,就丢了两条腿。我想在此地举目无亲,乡下又回不去;就说回去得了,没有腿怎能种田?求医院收容我,给我一点事情做,大夫说医院管治不管留,也不管找事。此地又没有残废兵留养院,迫着我不得不出来讨饭,今天刚是第三天。这两天我常想着,若是这样下去,我可受不了,非上吊不可。"

春桃注神听他说,眼眶不晓得什么时候都湿了。她还是静默着。李茂用手抹抹额上的汗,也歇了一会。

"春桃,你这几年呢?这小小地方虽不如咱们乡下那么宽敞,看来你倒不十分苦。"

"谁不受苦?苦也得想法子活。在阎罗殿前,难道就瞧不见笑脸?这几年来,我就是干这捡烂纸换取灯的生活,还有一个姓刘的同我合伙。我们两人,可以说不分彼此,勉强能度过日子。"

"你和那姓刘的同住在这屋里?"

"是，我们同住在这炕上睡。"春桃一点也不迟疑，她好像早已有了成见。

"那么，你已经嫁给他？"

"不，同住就是。"

"那么，你现在还算是我的媳妇？"

"不，谁的媳妇，我都不是。"

李茂的夫权意识被激动了。他可想不出什么话来说。两眼注视着地上，当然他不是为看什么，只为有点不敢望着他的媳妇。至终他沉吟了一句："这样，人家会笑话我是个活王八。"

"王八？"妇人听了他的话，有点翻脸，但她的态度仍是很和平。她接着说："有钱有势的人才怕当王八。像你，谁认得？活不留名，死不留姓，王八不王八，有什么相干？现在，我是我自己，我做的事，决不会玷着你。"

"咱们到底还是两口子，常言道，一夜大妻百日恩——"

"百日恩不百日恩我不知道。"春桃截住他的话，"算百日恩，也过了好十几个百日恩。四五年间，彼此不知下落；我想你也想不到会在这里遇见我。我一个人在这里，得活，得人帮忙。我们同住了这些年，要说恩爱，自然是对你薄得多。今天我领你回来，是因为我爹同你爹的交情，我们还是乡亲。你若认我做媳妇，我不认你，打起官司，也未必是你赢。"

李茂掏掏他的裤带，好像要拿什么东西出来，但他的手忽然

落花生

停住，眼睛望望春桃，至终把手缩回去撑着席子。

李茂没话，春桃哭。日影在这当中也静静地移了三四分。

"好罢，春桃，你做主。你瞧我已经残废了，就使你愿意跟我，我也养不活你。"李茂到底说出这英明的话。

"我不能因为你残废就不要你，不过我也舍不得丢了他。大家住着，谁也别想谁是养活着谁，好不好？"春桃也说了她心里的话。

李茂的肚子发出很微细的咕噜咕噜声音。

"噢，说了大半天，我还没问你要吃什么！你一定很饿了。"

"随便罢，有什么吃什么。我昨天晚上到现在还没吃，只喝水。"

"我买去。"春桃正踏出房门，向高从院外很高兴地走进来，两人在瓜棚底下撞了个满怀。"高兴什么？今天怎样这早就回来？"

"今天做了一批好买卖！昨天你背回的那一篓，早晨我打开一看，里头有一包是明朝高丽王上的表章，一份至少可卖五十块钱。现在我们手里有十份！方才散了几份给行里，看看主儿出得多少，再发这几份。里头还有两张盖上端明殿御宝的纸，行家说是宋家的，一给价就是六十块，我没敢卖，怕卖漏了，先带回来给你开开眼。你瞧……"他说时，一面把手里的旧蓝布包袱打开，拿出表章和旧纸来。"这是端明殿御宝。"他指着纸上的印纹。

"若没有这个印，我真看不出有什么好处，洋宣比它还白咧。怎么宫里管事的老爷们也和我一样不懂眼？"春桃虽然看了，却不晓得那纸的值钱处在哪里。

"懂眼？若是他们懂眼，咱们还能换一块几毛么？"向高把纸接过去，仍旧和表章包在包袱里。他笑着对春桃说："我说，媳妇……"

春桃看了他一眼，说："告诉你别管我叫媳妇。"

向高没理会她，直说："可巧你也早回家。买卖想是不错。"

"早晨又买了像昨天那样的一篓。"

"你不说还有许多么？"

"都教他们送到晓市卖到乡下包落花生去了！"

"不要紧，反正咱们今天开了光，头一次做上三十块钱的买卖。我说，咱们难得下午都在家，回头咱们上十刹海逛逛，消消暑去，好不好？"

他进屋里，把包袱放在桌上。春桃也跟进来。她说："不成，今天来了人了。"说着掀开帘子，点头招向高，"你进去。"

向高进去，她也跟着。"这是我原先的男人。"她对向高说过这话，又把他介绍给李茂说，"这是我现在的伙计。"

两个男子，四只眼睛对着，若是他们眼球的距离相等，他们的视线就会平行地接连着。彼此都没话，连窗台上歇的两只苍蝇也不做声。这样又教日影静静地移一二分。

"贵姓？"向高明知道，还得照例地问。

彼此谈开了。

落花生

"我去买一点吃的。"春桃又向着向高说,"我想你也还没吃罢?烧饼成不成?"

"我吃过了。你在家,我买去罢。"

妇人把向高拖到炕上坐下,说:"你在家陪客人谈话。"给了他一副笑脸,便自出去。

屋里现在剩下两个男人,在这样情况底下,若不能一见如故,便得打个你死我活。好在他们是前者的情形。但我们别想李茂是短了两条腿,不能打。我们得记住向高是拿过三五年笔杆的,用李茂的分量满可以把他压死。若是他有枪,更省事,一动指头,向高便得过奈何桥。

李茂告诉向高,春桃的父亲是个乡下财主,有一顷田。他自己的父亲就在他家做活和赶叫驴。因为他能瞄很准的枪,她父亲怕他当兵去,便把女儿许给他,为的是要他保护庄里的人们。这些话,是春桃没向他说过的。他又把方才春桃说的话再述一遍,渐次迫到他们二人切身的问题上头。

"你们夫妇团圆,我当然得走开。"向高在不愿意的情态底下说出这话。

"不,我已经离开她很久,现在并且残废了,养不活她,也是白搭。你们同住这些年,何必拆?我可以到残废院去。听说这里有,有人情便可进去。"

这给向高很大的诧异。他想,李茂虽然是个大兵,却料不到他有这样的侠气。他心里虽然愿意,嘴上还不得不让。这是礼仪的狡猾,念过书的人们都懂得。

"那可没有这样的道理。"向高说,"教我冒一个霸占人家妻子的罪名,我可不愿意。为你想,你也不愿意你妻子跟别人住。"

"我写一张休书给她,或写一张契给你,两样都成。"李茂微笑诚意地说。

"休?她没什么错,休不得。我不愿意丢她的脸。卖?我哪儿有钱买?我的钱都是她的。"

"我不要钱。"

"那么,你要什么?"

"我什么都不要。"

"那又何必写卖契呢?"

"因为口讲无凭,日后反悔,倒不好了。咱们先小人,后君子。"

说到这里,春桃买了烧饼回来。她见二人谈得很投机,心下十分快乐。

"近来我常想着得多找一个人来帮忙,可巧茂哥来了。他不能走动,正好在家管管事,捡捡纸。你当跑外卖货。我还是当捡货的。咱们三人开公司。"春桃另有主意。

李茂让也不让,拿着烧饼往嘴送,像从饿鬼世界出来的一样,他没工夫说话了。

落花生

"两个男人,一个女人,开公司?本钱是你的?"向高发出不需要的疑问。

"你不愿意吗?"妇人问。

"不,不,不,我没有什么意思。"向高心里有话,可说不出来。

"我能做什么?整天坐在家里,干得了什么事?"李茂也有点不敢赞成。他理会向高的意思。

"你们都不用着急,我有主意。"

向高听了,伸出舌头舐舐嘴唇,还吞了一口唾沫。李茂依然吃着,他的眼睛可在望春桃,等着听她的主意。

捡烂纸大概是女性中心的一种事业。她心中已经派定李茂在家把旧邮票和纸烟盒里的画片捡出来。那事情,只要有手有眼,便可以做。她合一合,若是天天有一百几十张卷烟画片可以从烂纸堆里捡出来,李茂每月的伙食便有了门。邮票好的和罕见的,每天能捡得两三个,也就不劣。外国烟卷在这城里,一天总销售一万包左右,纸包的百分之一给她捡回来,并不算难。至于向高还是让他捡名人书札,或比较可以多卖钱的东西。他不用说已经是个行家,不必再受指导。她自己干那吃力的工作,除去下大雨以外,在狂风烈日底下,是一样地出去捡货。尤其是在天气不好的时候,她更要工作,因为同业们有些就不出去。

她从窗户望望太阳,知道还没到两点,便出到明间,把破草帽仍旧戴上，探头进房里对向高说："我还得去打听宫里还有东西出来没有。你在家招呼他。晚上回来，我们再商量。"

向高留她不住，便由她走了。

好几天的光阴都在静默中度过。但二男一女同睡一铺炕上定然不很顺心。多夫制的社会到底不能够流行得很广。其中的一个缘故是一般人还不能摆脱原始的夫权和父权思想。由这个，造成了风俗习惯和道德观念。老实说，在社会里，依赖人和掠夺人的，才会遵守所谓风俗习惯；至于依自己的能力而生活的人们，心目中并不很看重这些。像春桃，她既不是夫人，也不是小姐；她不会到外交大楼去赴跳舞会，也没有机会在隆重的典礼上当主角。她的行为，没人批评，也没人过问；纵然有，也没有切肤之痛。监督她的只有巡警，但巡警是很容易对付的。两个男人呢，向高诚然念过一点书，含糊地了解些圣人的道理，除掉些少名分的观念以外，他也和春桃一样。但他的生活，从同居以后，完全靠着春桃。春桃的话，是从他耳朵进去的维他命，他得听，因为于他有利。春桃教他不要嫉妒，他连嫉妒的种子也都毁掉。李茂呢，春桃和向高能容他住一天便住一天，他们若肯认他做亲戚，他便满足了。当兵的人照例要丢一两个妻子，但他的困难也是名分上的。

向高的嫉妒虽然没有，可是在此以外的种种不安，常往来于这两个男子当中。

落花生

　　暑气仍没减少，春桃和向高不是到汤山或北戴河去的人物，他们日间仍然得出去谋生活。李茂在家，对于这行事业可算刚上了道，他已能分别哪一种是要送到万柳堂或天宁寺去做糙纸的，哪一样要留起来的，还得等向高回来鉴定。

　　春桃回家，照例还是向高侍候她。那时已经很晚了，她在明间里闻见蚊烟的气味，便向着坐在瓜棚底下的向高说："咱们多会点过蚊烟，不留神，不把房子点着了才怪咧。"

　　向高还没回答，李茂便说："那不是熏蚊子，是熏秽气，我央刘大哥点的。我打算在外面地下睡。屋里太热，三人睡，实在不舒服。"

　　"我说，桌上这张红帖子又是谁的？"春桃拿起来看。

　　"我们今天说好了，你归刘大哥。那是我立给他的契。"声从屋里的炕上发出来。

　　"哦，你们商量着怎样处置我来！可是我不能由你们派。"她把红帖子拿进屋里，问李茂，"这是你的主意，还是他的？"

　　"是我们俩的主意。要不然，我难过，他也难过。"

　　"说来说去，还是那话。你们都别想着咱们是丈夫和媳妇，成不成？"

　　她把红帖子撕得粉碎，气有点粗。

　　"你把我卖多少钱？"

　　"写几十块钱做个彩头。白送媳妇给人，没出息。"

"卖媳妇,就有出息?"她出来对向高说,"你现在有钱,可以买媳妇了。若是给你阔一点……"

"别这样说,别这样说。"向高拦住她的话,"春桃,你不明白。这两天,同行的人们直笑话我。"

"笑你什么?"

"笑我……"向高又说不出来。其实他没有很大的成见,春桃要怎办,十回有九回是遵从的。他自己也不明白这是什么力量。在她背后,他想着这样该做,那样得照他的意思办;可是一见了她,就像见了西太后似的,样样都要听她的懿旨。

"噢,你到底是念过两天书,怕人骂,怕人笑话。"

自古以来,真正统治民众的并不是圣人的教训,好像只是打人的鞭子和骂人的舌头。风俗习惯是靠着打骂维持的。但在春桃心里,像已持着"人打还打,人骂还骂"的态度。她不是个弱者,不打骂人,也不受人打骂。我们听她教训向高的话,便可以知道。

"若是人笑话你,你不会揍他?你露什么怯?咱们的事,谁也管不了。"

向高没话。

"以后不要再提这事罢。咱们三人就这样活下去,不好吗?"

一屋里都静了。吃过晚饭,向高和春桃仍是坐在瓜棚底下,只不像往日那么爱说话,连买卖经也不念了。

李茂叫春桃到屋里,劝她归给向高。他说男人的心,她不知

落花生

道，谁也不愿意当王八；占人妻子，也不是好名誉。他从腰间拿出一张已经变成暗褐色的红纸帖，交给春桃，说："这是咱们的龙凤帖。那晚上逃出来的时候，我从神龛上取下来，揣在怀里。现在你可以拿去，就算咱们不是两口子。"

春桃接过那红帖子，一言不发，只注视着炕上破席。她不由自主地坐下，挨近那残废的人，说："茂哥，我不能要这个，你收回去罢。我还是你的媳妇。一夜夫妻百日恩，我不做缺德的事。今天看你走不动，不能干大活，我就不要你，我还能算人吗？"

她把红帖也放在炕上。

李茂听了她的话，心里很受感动。他低声对春桃说："我瞧你怪喜欢他的，你还是跟他过日子好。等有点钱，可以打发我回乡下，或送我到残废院去。"

"不瞒你说，"春桃的声音低下去，"这几年我和他就同两口子一样活着，样样顺心，事事如意；要他走，也怪舍不得。不如叫他进来商量，瞧他有什么主意。"她向着窗户叫，"向哥，向哥！"可是一点回音也没有。出来一瞧，向哥已不在了。这是他第一次晚间出门。她愣一会，便向屋里说："我找他去。"

她料想向高不会到别的地方去。到胡同口，问问老吴。老吴说望大街那边去了。她到他常交易的地方去，都没找着。人很容易丢失，眼睛若见不到，就是渺渺茫茫无寻觅处。快到一点钟，她才懊丧地回家。

屋里的油灯已经灭了。

"你睡着啦？向哥回来没有？"她进屋里，掏出洋火，把灯点着，向炕上一望，只见李茂把自己挂在窗棂上，用的是他自己的裤带。她心里虽免不了存着女性的恐慌，但是还有胆量紧爬上去，把他解下来。幸而时间不久，用不着惊动别人，轻轻地抚揉着他，他渐次苏醒回来。

杀自己的身来成就别人是侠士的精神。若是李茂的两条腿还存在，他也不必出这样的手段。两三天以来，他总觉得自己没多少希望，倒不如毁灭自己，教春桃好好地活着。春桃于他虽没有爱，却很有义。她用许多话安慰他，一直到天亮。他睡着了，春桃下炕，见地上一些纸灰，还剩下没烧完的红纸。她认得是李茂曾给她的那张龙凤帖，直望着出神。

那天她没出门。晚上还陪李茂坐在炕上。

"你哭什么？"春桃见李茂热泪滚滚地滴下来，便这样问他。

"我对不起你。我来干什么？"

"没人怨你来。"

"现在他走了，我又短了两条腿。……"

"你别这样想。我想他会回来。"

"我盼望他会回来。"

又是一天过去了。春桃起来，到瓜棚摘了两条黄瓜做菜，草草地烙了一张大饼，端到屋里，两个人同吃。

落花生

她仍旧把破帽戴着，背上篓子。

"你今天不大高兴，别出去啦！"李茂隔着窗户对她说。

"坐在家里更闷得慌。"

她慢慢地踱出门。做活是她的天性，虽在沉闷的心境中，她也要干。中国女人好像只理会生活，而不理会爱情，生活的发展是她所注意的，爱情的发展只在盲闷的心境中沸动而已。自然，爱只是感觉，而生活是实质的，整天躺在锦帐里或坐在幽林中讲爱经，也是从皇后船或总统船运来的知识。春桃既不是弄潮儿的姊妹，也不是碧眼胡的学生，她不懂得，只会莫名其妙地纳闷。

一条胡同过了又是一条胡同。无量的尘土，无尽的道路，涌着这沉闷的妇人。她有时嚷"烂纸换洋取灯儿"，有时连路边一堆不用换的旧报纸，她都不捡。有时该给人两盒取灯，她却给了五盒。胡乱地过了一天，她便随着天上那班只会嚷嚷和抢吃的黑衣党慢慢地踱回家。仰头看见新贴上的户口照，写的户主是刘向高妻刘氏，使她心里更闷得厉害。

刚踏进院子，向高从屋里赶出来。

她瞪着眼，只说："你回来……"其余的话用眼泪连续下去。

"我不能离开你，我的事情都是你成全的。我知道你要我帮忙。我不能无情无义。"其实他这两天在道上漫散地走，不晓得要往哪里去。走路的时候，直像脚上扣着一条很重的铁镣，那一面是扣在春桃手上一样。加以到处都遇见"还是他好"的广告，心情更受着不断的搅动，甚至饿了他也不知道。

"我已经同向哥说好了。他是户主，我是同居。"

向高照旧帮她卸下篓子。一面替她抹掉脸上的眼泪。他说："若是回到乡下，他是户主，我是同居。你是咱们的媳妇。"

她没有做声，直进屋里，脱下衣帽，行她每日的洗礼。

买卖经又开始在瓜棚底下念开了。他们商量把宫里那批字纸卖掉以后，向高便可以在市场里摆一个小摊，或者可以搬到一间大一点点的房子去住。

屋里，豆大的灯火，教从瓜棚飞进去的一只油葫芦扑灭了。李茂早已睡熟，因为银河已经低了。

"咱们也睡罢。"妇人说。

"你先躺去，一会我给你捶腿。"

"不用啦，今天我没走多少路。明儿早起，记得做那批买卖去，咱们有好几天不开张了。"

"方才我忘了拿给你。今天回家，见你还没回来，我特意到天桥去给你带一顶八成新的帽子回来。你瞧瞧！"他在暗里摸着那帽子，要递给她。

"现在哪里瞧得见！明天我戴上就是。"

院子都静了，只剩下晚香玉的香还在空气中游荡。屋里微微地可以听见"媳妇"和"我不爱听，我不是你的媳妇"等对答。

（原刊1934年《文学》3卷1号）

我的童年

　　每个人都有自己的童年，许地山的童年与别人不同之处在于他幼年时便经历了一次较大的搬迁。许地山出生在台湾，在三岁的时候，又随父母一起迁回了大陆。虽然辗转他乡，父母的陪伴与爱护是一直不变的，特别是许地山叫做"妪"的母亲，对许地山管教颇严，但亦关爱有加。文章便围绕两个地方（出生地——台湾延平郡王祠边的窥园和成长地——广东揭阳的本家祠堂）、一个人——母亲"妪"，讲述了有关童年的回忆。

　　妪养的"天公猪"、一双绒毛鸡，在作者印象中记忆颇深；迁居揭阳后本家祠堂边的小溪、果园，甚至果园里柚子树开花的香味，都让作者回味至今。就让我们跟随作者的文笔，体验他的童年吧！

序 言

每当茶余饭后，或是在天棚纳凉的时候，亲爱的父亲常常揽着我们讲故事，说笑话，回想起来不尽的愉快。更想到我们有时彼此追逐为戏，妈妈当母鸡，我们兄妹两个当小鸡，爸爸当老鹰，常常被爸爸捉住抱起来打屁股。间或我同小妹跳飞机、造房子玩，意见冲突的时候，爸爸总是跑过来做种种滑稽的跳法，引得大家大笑为止。我同爸爸着棋的时候也很多，爸爸几时都是兴趣浓厚，不以为是同小孩子玩而马虎让步，因此我常常输棋，输了再来，或是一笑结局。爸爸拍着我说："小苓子，有器量。"我们的小朋友来了，爸爸得闲的时候，最喜欢领导着我们玩，记得祖父在时，曾说过："地山就是一个孩子头儿。"

爸爸几时都是满面春风，从不见他有不愉之色，尤其对于穷苦的人们，温和备至。自抗战以来，难民到我们家门口，或是到大学的中文学院找爸爸帮助的，络绎不绝，爸爸总是尽力替他们设法，送钱，找事，或是送入救济所。记得有一次，我们在中文学院门口等爸爸一同回家，看见他挽扶着一个衣裳褴褛的老者，从石阶一步一步地下来，原来也是一个贫病求助的。事情并不稀奇，但是感动了我，指示了我应当怎样做人。

爸爸每日极忙，早晨八点去大学，一点回家午膳，两点再去，直到六点或七点才回家。在学校除教课及办校务外，总看

落花生

见他在读书,写卡片,预备写书的材料。所以他写小说一类的文章,是在清早四点到六点之间,写一个段落又回到床上去睡,七点再起来。

爸爸为我们讲他小时候的故事,很多有趣的。但是段段落落没有连贯,我要求他把它写出来。他说:"好,你们听话,我有空闲的时候就写。"哪知道写不到两三段,我那最可爱可敬的父亲,竟舍弃我们而去。想他不见,叫他不应,他是永远不回到我们身边来了。但是他的形影精神,深刻在我们的脑里,永世不会消灭的。

云姊姊来安慰我们,她说小朋友们都记念着爸爸,要我将爸爸所写的《童年》交她刊在《新儿童》上,虽然是没有完的文章,也可以聊慰记念着爸爸的小朋友。凡是爸爸从前向我们讲过的,尽我的记忆所能,我要把它续写在后面,使小朋友不至于太失望。爸爸有知,也许在含笑向着我们点头。

苓仲泣书　一九四一年

延平郡王祠边

小时候的事情是很值得自己回想的。父母的爱固然是一件永远不能再得的宝贝，但自己的幼年的幻想与情绪也像叆叇①的孤云随着旭日升起以后，飞到天顶，便渐次地消失了。现在所留的不过是强烈的后象，以相反的色调在心头映射着。

出世后几年间是无知的时期，所能记的只是从家长们听得关于自己的零碎事情，虽然没什么趣味，却不妨记记实。在公元一八九三年二月十四日，正当光绪十九年十二月二十八的上午丑时，我生于台湾台南府城延平郡王祠边的窥园里。这园是我祖父置的。出门不远，有一座马伏波祠，本地人称为马公庙，称我们的家为马公庙许厝②。我的乳母求官是一个佃户的妻子，她很小心地照顾我。据母亲说，她老不肯放我下地，一直到我会在桌上走两步的时候，她才惊讶地嚷出来："丑官会走了！"叔丑是我的小名，因为我是丑时生的。母亲姓吴，兄弟们都称她叫"姐"，是我们几弟兄跟着大哥这样叫的，乡人称母亲为"阿姐""阿姨""乃娘"，却没有称"姐"的，家里叔伯兄弟们称呼他们的母亲，也不是这样，所以"姐"是我们几兄弟对母亲所用的专名。

姐生我的时候是三十多岁，她说我小的时候，皮肤白得像那刚蜕皮的小螳螂一般。这也许不是赞我，或者是由乳母不让我出外晒太阳的原故。老家的光景，我一点印象也没有。在我还不到一周年的时候，中日战争便起来了。台湾的割让，迫着我全家在

---

① 叆叇（ài dài）：形容浓云蔽日。
② 许厝（cuò）：厝，房屋。许厝指许家的房子。

落花生

一八九六年□日（原文空掉日子）离开乡里。妪在我幼年时常对我说当时出走的情形，我现在只记得几件有点意思的，一件是她在要安平上船以前，到关帝庙去求签，问问台湾要到几时才归中国。签诗大意回答她的大意说，中国是像一株枯杨，要等到它的根上再发新芽的时候才有希望。深信着台湾若不归还中国，她定是不能再见到家门的。但她永远不了解枯树上发新枝是指什么，这谜到她去世时还在猜着。她自逃出来以后就没有回去过。第二件可纪念的事，是她在猪圈里养了一只"天公猪"，临出门的时候，她到栏外去看它，流着泪对它说："公猪，你没有福分上天公坛了，再见吧。"那猪也像流着泪，用那断藕般的鼻子嗅着她的手，低声呜呜地叫着。台湾的风俗男子生到十三四岁的年纪，家人必得为他抱一只小公猪来养着，等到十六岁上元日，把它宰来祭上帝，所以管它叫"天公猪"。公猪由主妇亲自豢养的，三四年之中，不能叫它生气、吃惊、害病等。食料得用好的，决不能把污秽的东西给它吃，也不能放它出去游荡像平常的猪一般。更不能容它与母猪在一起。换句话，它是一只预备作牺牲的圣畜。我们家那只公猪是为大哥养的。他那年已过了十三岁。她每天亲自养它，已经快到一年了。公猪看见她到栏外格外显出亲切的情谊。她说的话，也许它能理会几分。我们到汕头三个月以后，得着看家的来信，说那公猪自从她去后，就不大肯吃东西，渐渐地瘦了，不到半年公猪竟然死了。她到十年以后还在想念着它。她叹息公猪没福分上天公坛，大哥没福分用一只自豢的圣畜。故乡的风俗男子生后三日剃胎发，必在囟门上留一撮，名叫"囟鬃"。长了许剪不许剃，必得到了十六岁的上元日设坛散礼玉皇上帝及天宫，在神前剃下来。用红线包起，放在香炉前和公猪一起供着，这是古代冠礼的遗意。

还有一件是妪养的一双绒毛鸡。广东叫做竹丝鸡，很能下蛋。她打了一双金耳环带在它的碧色的小耳朵上。临出门的时候，她叫看家好好地保护它。到了汕头之后，又听见家里出来的人说，父亲常骑的那匹马被日本人牵去了。日本人把它上了铁蹄。它受不了，不久也死了。父亲没与我们同走，他带着国防兵在山里，刘永福又要他去守安平。那时民主国的大势已去，在台南的刘永福，也没有什么办法，只好预备走。但他又不许人多带金银，在城门口有他的兵搜查"走反"的人民。乡人对于任何变化都叫作"反"。反朱一贵，反戴万生，反法兰西，都曾大规模逃走到别处去。乙未年的"走日本反"恐怕是最大的"走"了。妪说我们出城时也受过严密的检查。因为走得太仓促，现银预备不出来。所带的只有十几条纹银，那还是到大姑母的金铺现兑的。全家人到城门口，已是拥挤得很。当日出城的有大伯父一支五口，四婶一支四口，妪和我们姊弟六口，还有杨表哥一家，和我们几兄弟的乳母及家丁等七八口，一共二十多人。先坐牛车到南门外自己的田庄里过一宿，第二天才出安平乘竹筏上轮船到汕头

落花生

去。妪说我当时只穿着一套夏布衣服；家里的人穿的都是夏天衣服，所以一到汕头不久，很费了事为大家做衣服。我到现在还仿佛地记忆着我是被人抱着在街上走，看见满街上人拥挤得很，这是我最初印在我脑子里的经验。自然当时不知道是什么，依通常计算虽叫做三岁，其实只有十八个月左右。一切都是很模糊的。

我家原是从揭阳移居于台湾的。因为年代远久，族谱里的世系对不上，一时不能归宗。爹的行止还没一定，所以暂时寄住在本家的祠堂里。主人是许子荣先生与子明先生二位昆季，我们称呼子荣为太公，子明为三爷。他们二位是爹的早年的盟兄弟。祠堂在桃都的围村，地方很宏敞。我们一家都住得很舒适。太公的二少爷是个秀才，我们称他为杞南兄，大少爷在广州经商，我们称他做梅坡哥。祠堂的右边是杞南兄住着，我们住在左边的一段。妪与我们几兄弟住在一间房。对面是四婶和她的子女住。隔一个天井，是大伯父一家住。大哥与伯父的儿子们辛哥住伯父的对面房。当中各隔着一间厅。大伯的姨太清姨和逊姨住左厢房，杨表哥住外厢房，其余乳母工人都在厅上打铺睡。这样算是在一个小小的地方安顿了一家子。

祠堂前头有一条溪，溪边有蔗园一大区，我们几个小弟兄常常跑到园里去捉迷藏；可是大人们怕里头有蛇，常常不许我们去。离蔗园不远的地方还有一区果园，我还记得柚子树很多。到开花的时候，一阵阵的清香教人闻到觉得非常愉快；这气味好像

到开花的时候,一阵阵的清香教人闻到觉得非常愉快,这气味好像现在还有留着。

许地山

现在还有留着。那也许是我第一次自觉在树林里遨游。在花香与蜂闹的树下，在地上玩泥土，玩了大半天才被人叫回家去。

妪是不喜欢我们到祠堂外去的，她不许我们到水边玩，怕掉在水里；不许到果园里去，怕糟蹋人家的花果；又不许到蔗园去，怕被蛇咬了。离祠堂不远通到村市的那道桥，非有人领着，是绝对不许去的，若犯了她的命令，除掉打一顿之外，就得受缔佛的刑罚。缔佛是从乡人迎神赛会时把偶像缔结在神舆上以防倾倒的意义得来的，我与叔庚被"缔"的时候次数最多，几乎没有一天不"缔"整个下午。

（原刊1941年8月香港《新儿童》第1卷第6期）

牛津的书虫

提到书虫，你会想到什么？一只可爱的爬在书本里的小虫子，甚至戴着眼镜？在牛津大学读书期间，我们的许地山先生可过足了书虫瘾。

许地山先生在美国哥伦比亚大学研究院获得文学硕士后，又转入英国牛津大学研究院研读宗教和民俗学，并获得了牛津大学的文学学士学位。

在牛津大学的两年时光，许地山先生就像一只书虫一样津津有味、孜孜不倦地吸取着知识的营养，并专门写了《牛津的书虫》一文来纪念。在这篇文章中，作者特别提到了当书虫的条件、为学的途径以及对当时中国养不起书虫的感慨……

看了这篇文章，你是不是也想当一只书虫呢？

牛津实在是学者的学国，我在此地两年的生活尽用于波德林图书馆，印度学院，阿克关屋（社会人类学讲室），及曼斯斐尔学院中，竟不觉归期已近。

同学们每叫我做"书虫"，定蜀尝鄙夷地说我于每谈论中，不上三句话，便要引经据典，"真正死路"！刘错说："你成日读书，睇读死你嚟呀！"书虫诚然是无用的东西，但读书读到死，是我所乐为。假使我的财力、事业能够容允我，我诚愿在牛津做一辈子的书虫。

我在幼时已决心为书虫生活。自破笔受业直到如今，二十五年间未尝变志。但是要做书虫，在现在的世界本不容易。须要具足五个条件才可以。五件者：第一要身体康健；第二要家道丰裕；第三要事业清闲；第四要志趣淡薄；第五要宿慧超越。我于此五件，一无所有！故我以十年之功只当他人一夕之业。于诸学问、途径还未看得清楚，何敢希望登堂入室？但我并不因我的资质与境遇而灰心，我还是抱着读得一日便得一日之益的心志。

为学有三条路向：一是深思，二是多闻，三是能干。第一途是做成思想家的路向；第二是学者；第三是事业家。这三种人同是为学，而其对于同一对象的理解则不一致。譬如有人在居庸关下偶然捡起一块石头，一个思想家要想它怎样会在那里，怎样被人捡起来，和它的存在的意义。若是一个地质学者，他对于那石头便从地质方面源源本本地说。若是一个历史学者，他便要探求那石与过去史实有无的关系。若是一个事业家,他只想着要怎样利用那石而已。三途之中,以多闻为本。我邦先贤教人以"博闻强记",及教人"不学而好思,虽知不广"的话,真可谓能得为学的正意。但在现在的世界,能专一途的很少。因为生活上等等的压迫,及种种知识上的需要,使人难为纯粹的思想家或事业家。假使苏格拉底生于今日的希拉(希腊),他难免也要写几篇关于近东问题的论文投到报馆里去卖几个钱。他也得懂得一点汽车、无线电的使用方法。也许他也会把钱财存在银行里。这并不是因为"人心不古",乃是因为人事不古。近代人需要等等知识为生活的资助,大势所趋,必不能在短期间产生纯粹的或深邃的专家。故为学要先多能,然后专攻,庶几可以自存,可以有所贡献。吾人生于今日,对于学问,专既难能,博又不易,所以应于上列三途中至少要兼二程。兼多闻与深思者为文学家。兼多闻与能干的为科学家。就是说一个人具有学者与思想家的才能,便是文学家;具有学者与专业家的功能的,便是科学家。文学家与科学家同要具学者的资格所不同者,一是偏于理解,一是偏于作用,一是修文,一是格物(自然我所用科学家与文学家的名字是广义的)。进一步说,舍多闻既不能有深思,亦不能生能干,所以多闻是为学根本。多闻多见为学者应有的事情,如人能够做到,才算得过着书虫的生活。当徬徨于学问的歧途时,若不能早自决断该向哪一条路走去,他的学业必致如荒漠的砂粒,既不能长育生灵,又不堪制作器用。即使他能下笔千言，必无一字可取。纵使他能临事多谋，必无一策能成。我邦学者，每不擅于过书虫生活，在歧途上既不能慎自抉择，复不虚心求教；过得去时，便充名士；过不去时，就变劣绅，所以我觉得留学而学普通知识，是一个民族最羞耻的事情。

我每觉得我们中间真正的书虫太少了。这是因为我们当学生的多半穷乏，急于谋生，不能具足上说五种求学条件所致。从前生活简单，旧式书院未变学堂的时代，还可以希望从领膏火费的生员中造成一二。至于今日的官费生或公费生，多半是虚掷时间和金钱的。这样的光景在留学界中更为显然。

牛津的书虫很多，各人都能利用他的机会去钻研，对于有学无财的人，各学院尽予津贴，未卒业者为"津贴生"，已卒业者为"特待校友"，特待校友中有一辈以读书为职业的。要有这样的待遇，然后可产出高等学者。在今日的中国要靠著作度日是绝对不可能的，因社会程度过低，还养不起著作家。所以著作家的生活与地位在他国是了不得，在我国是不得了！著作家还养不起，何况能养在大学里以读书为生的书虫？这也许就是中国的"知识阶级"不打而自倒的原因。

……

〔据万方（罗香林）《许地山与香港的读书风气》（《工商日报》1950年2月2日）一文录出〕

英雄造时势
与时势造英雄

　　这是一篇演讲稿。篇首开宗明义地提出：在民族存亡的危机时刻，迫切期盼英雄的出现。但怎样的英雄才能拯救民族于水火呢，作者以他的睿智和对民族的深厚感情向我们一一道来。

　　作者先从历史的角度，概括出了"消极的"和"积极的"两种英雄。人们需要保持现状的消极英雄，但更期待能创造时势的积极英雄。接着联系实际，批判了几种所谓的"英雄"。继而又区分出了"真英雄"和"假英雄"，直接点出假英雄多了，"于国族有害"。

　　整篇讲稿告诉我们，在民族存亡之际，我们需要英雄，但不是那种趁机表演甚至大发国难财的假英雄，而是那种能创造时势的真英雄。

在危急存亡的关头容易教人想到英雄，所以因大风而思猛士不独是刘邦一个人的情绪，在任何时代都是有的。我们的民族处在今日的危机上，希望英雄的出现比往昔更为迫切。但是"英雄"这两个字的意义自来就没有很明确的解释，因此发生这篇论文所标的问题——到底英雄是时势造的呢？还是时势是英雄造的呢？"英雄"这两个字的真义须要详细地分析才能得到。固然我们不以一个能为路边的少女把宝饰从贼人的手里夺回来的人为英雄，可是连这样的小事都不能做的有时候也会受人崇拜。在这里，我们不能不对于英雄的意义画出一个范围来。

古代的英雄在死后没有不受人间的俎豆①，崇拜他们为神圣的。照礼记祭法的规定，有被崇拜的资格的不外是五种。第一是"法施于民"的，第二是"以死勤事"的，第三是"以劳定国"的，第四是"能御大灾"的，第五是"能捍大患"的。"法施于民"是使民有所，能依着他所给的方法去发展生活，像后稷能殖百谷，后土能平九州，后世的人崇祀他们为圣人。（所谓圣人实际也是英雄的别名。）"以死勤事"是能够尽他的责任到死不放手，像舜死在苍梧之野，鲧死于洪水，也是后世所崇仰的圣人。"以劳定国"是能以劳力在国家危难的时候使它回复到安平的状态，像黄帝、禹汤的功业一样。"御大灾，捍大患"，是对于天灾人患能够用方法抵御，使

---

① 俎（zǔ）豆：俎和豆都是古代祭祀用的器具。引申为祭祀、崇奉之意。

落花生

人民得到平安。这些是我们的祖先崇拜英雄的标准。大体说起来，以死勤事，是含有消极性的；以劳定国，能御大灾，捍大患，也许能用自己的智能，他们是介在消极与积极中间的。惟有法施于民的才是真正的圣人，他必须具有超人的智能才成。

看来，我们可以有两种英雄：一是消极的，二是积极的。消极的英雄只是保持已成的现状，使人民过平安的日子，教他们不受天灾人患的伤害，能够在不得已的时候牺牲自己的一切。积极的英雄是能为人群发明或发见[①]新事和新法度，使他们能在停滞的生活中得到进步，在痛苦的生活中减少痛苦，换一句话，就是，他能改造世界和增进人间的幸福。今日一般人心目中的英雄多半不是属于第二类，并且是属于第一类中很狭窄的一种，就是说，只有那为保护人民不惜生命的战士才被称为英雄。这种英雄不一定能造时势，甚或为时势所造。因为这类的英雄非先有一个时势排在他面前，不能显出他的本领，所以时势的分量比英雄本身来得重些。反过来说，积极的英雄并不等到人间生活发生什么障碍，才把他制造出来。人们看不到的痛苦，他先看到，人们还没遇到困难，他先想象出来。他在人们安于现成生活的时候为他们创制新生活，使他们向上发展。也许时势造出来的英雄也能达到这个目的，但是可能性很小。

---

① 见（xiàn）：同"现"。

真英雄必定是造时势者。时势被他造得成与不成，于他的英雄本色并无妨碍，事的成败不足为英雄的准度。通常的见解每以为成功者便是英雄，那是不确的。成功或由于机会好。"河无大鱼，小虾称王"，在一个没有特出人才的时境，有小本领便可做大事。这也是时势所造的一种英雄。还有些是偶然的成功，作者本身也梦想不到他会有那么样的成就。他对于自己的事业并没有明了的认识，也没有把握，甚至本来是要保守，到头来却变成革命，因为一般的倾向所归，他也乐得随从。这也是时势所造的一种英雄。还有些是剥削或榨取他人的智力或体力来制造自己的势力和地位。他的成功与受崇敬完全站在欺骗和剥削的黑幕前面。有时自己做不够，还要自己的家人亲戚来帮他做，揽到国家大权，便任用私人①，培植爪牙。可怜的是浑浑沌沌的群众不会裁制他，并不是他真有英雄的本领。这也是时势所造的一种英雄。

我们细细地把历史读一遍，便觉得时势所造的英雄比造时势的英雄更多。这中间有一条很大的道理。我们姑且当造时势的英雄是人间所需求的真英雄，而这种英雄本是天生的。真英雄是超人，但假英雄或拟英雄也许是中人以下的"下人"（Underman）。所谓假英雄是指那班偶然得到意外的成功的投机家而言。所谓拟英雄是指那班被时势所驱遣，迫得去做轰轰烈烈的事业的苦干者

---

① 私人：指亲戚朋友或以私交私利相依附的人。通俗讲，指自己的心腹或自己的人。

落花生

而言。所谓下人是对于超人而言。他的智力与体质甚至不及中人。在世间里,中人都很少,超人更谈不上,等到黄河清也不定等得到一个出现。人间最可怜悯的是下人太多,尤其是从下人中产生出来的英雄比较多。这类的英雄若是过多,就于国族有害。怎么讲呢?因为他们没有中人的智力而作超人的权威,自我的意识太重,每持着群众的生命财产智能是为他们的光荣和地位而有的态度。这样损多数人以利少数人的情形便是封建制度。英雄与封建制度本来有密切的关系,但这里应当分别的是古代的封建英雄于其同时的一般群众中确实具有超人的能力,而现代的封建英雄只是靠机缘。哪怕他是乳臭未除,只要家里有人掌大权,他便是了不得的人物。哪怕他智能低劣,只要能够联络权要,他便是群众的领袖。他的方法是利用新闻和金钱来替他鼓吹,甚至神化一个过去的人物来做他的面具。一个人生时碌碌无奇,死后或者会被人当做"民族英雄"来崇拜,其原因多半在此。这类神化的民族英雄实际等于下劣民族的咒物。今日全世界人类的智力平均起来恐怕不及高等小学的程度,所以凡有高一点的知识而敢有所作为的都有做领袖或独裁者的可能。不过这并不是群众的福利。我们讲英雄的事业应当以全世界民众的福利为对象,损人利己固不足道,乃至用发展自己民族的口号去掠夺他民族的土地的也不能算是英雄。今日世界时局的困难多半由于这类的英雄所造成。如果我们缩小范围来讲一下我们的英雄,我们也会觉得有许多是下人中所产出的。他们的要求是金钱与名誉。金钱可以使他们左右时势，若说他们是造时势的英雄，其原动力只是这样，并非智能。名誉使他们享受群众的信仰，欺骗到万古流芳的虚荣。他们的要求既是如此低下，无怪他们只会把持武力，操纵金融，结党营私，持权逐利，毁群众的福利来增益自己。他们只会享受和浪费，并无何等远虑，以善巧方便得到金钱名誉之后，便走到海外去做寓公，将后半生事业付与第二帮民贼。

我们讲到假英雄之多，便想到在人群中是否个个有做英雄的可能。现在人间还是在一个不平等的情况底下过日子。不但是人所享受的不平等，最根本的是智力与体力的差异太甚。英雄是天生吗？不。英雄是依赖先天的遗传与后天的训练所造成的。英雄是有种的。我们应当从优生学的原理研求人种的改善，凡是智力不完，体质有亏的父母都不许他们传后代。反之，要鼓励身心健全的男女多从事于第二代民众的生育。这样，真英雄的休质与理智的基础先打稳固，造成英雄的可能性便多。否则生来生去，只靠"碰彩"，于人间将来的改进是毫无把握的。第二步还要使社会重视生育，好种的男女一生下来当要特意看护他们，注意训练他们，使他们的身心得以均衡地发展。现在已有科学家注意到食物与体质性格与寿命的关系，可是最重要的还是选种，否则用科学方法来培养下人，延长他们的生命，使他们剥削群众的时间更长，那就不好了。

落花生

真英雄是不受时势所左右的。因为他是一个"形全于外，心全于中"的人，他的主见真而正，他的毅力恒而坚。他能时时检察自己，看出自己的弱点，而谋所以改善的步骤。事业的成败不是他所计较的，惟有正义与向上是要紧的。今日我们所渴望的是这样的英雄。我们对于强敌的侵略，所希望的抗敌英雄也要属于这一类的人物。战争在假英雄的眼光里是赌博的一种，但在真英雄的心目中，这事是正义的保障。为正义而战，虽不胜也应当做，毫无可疑的。

最后，我们还是希望造时势的英雄出现，惟有他才能拯民众于水火之中。等到人人的智力能够约束自己与发展自己，人间真正平等出现的时候，我们才不需要英雄。英雄本是野蛮社会遗下的名目，在智能平均与普遍发展像蜂蚁的社会可以说个个都是英雄，因为其中没有一个不能自卫，没有一个不能为群众牺牲自己。所以我想无论个个人达到身心健全，能利益群众的时代是全英雄时代，也是无英雄时代。

这篇是去冬在广州岭南大学的演讲稿，没工夫多写，未能详尽地发挥，抱歉之至。

（原刊1938年3月《大风》旬刊第3期）

猫　乘

　　猫是文人笔下多有描写的题材，许地山先生则从民俗学的角度，分三个方面描述了猫这种和人类关系密切的动物。在神怪的猫中，作者讲述了欧洲、中国、非洲等各地关于猫的故事，或由人变猫，或由猫成精，故事颇为诡异；在人事的猫中，作者介绍了各地有关猫的民俗，某些习俗亦是怪诞，闻所未闻；而在自然的猫中，作者还原了猫的本来面目，介绍了许多猫的生理知识。

　　和其他写猫的文章相比，这篇文章最大的特点是内容广博、知识确切。作者介绍了古今中外各种关于猫的典故、习俗，而对于猫的生理知识的介绍，也颇具西方之科学精神，纠正了许多人们习以为常的错误。想了解猫这种神秘动物的读者们，不要错过哦！

落花生

猫不入六畜之数，大概因为古人要所豢养的禽兽的肉可以供祭祀及燕享的用处，并且可以成群繁殖起来的才算家畜。在古人眼里，猫是一种神秘而有威力的动物。它的眼睛能因时变化，走路疾速而无声，升屋上树非常自在，等等，都可以教人去想它是非凡的。事实上，猫在农业文化的社会的地位正如狗在游牧文化的社会里一样。古人先会养狗是当然的。汉以前人家居然知道养猫，可是没听过到市里去买猫。当时养的大都是半野的狸，猎人获到，取数十钱的代价，卖给人家。《韩非子》里，有"将狸攻鼠""令狸执鼠"的话。《说苑》"使麒骥捕鼠，不如百钱之狸"和《盐铁论》里"鼠穷啮狸"，都可以说明当时只有半野的狸，没有纯豢的猫。后世人虽有"家猫之猫，野猫之狸"的说法，其实上面所说的狸都是已经被养熟了的。字书说狸是里居的兽，所以狸字从里；名为猫是因"鼠善害苗，而猫能捕之，去苗之害，故字从苗"。这两说固然可以讲得过去，但对于猫字似乎还是象声为多，所以《本草纲目》说"猫有苗茅二音，其名自呼"。我们不要想猫字比狸字晚，《诗经大雅韩奕》有"有猫有虎"的一句，《郊特牲》也有"迎猫为其食鼠"的话。看来称猫，是有些尊重的意思，不然，不能用一个很恭敬的迎字。也许当时在一定的节期从田野间迎接到家里来供养的称为猫，平常养的才称为狸，后来猫的名称用开了，狸的名字也就渐渐给忘了。现在对于黑斑猫还叫做"铁狸"，也可以说猫狸两字在某一阶段也是同意义的。

农业文化的社会尊重猫，因为它能毁灭那残害禾稼的田鼠和仓廪里家室里的家鼠。以猫为神，最早的是埃及。古埃及人知道猫在第十一朝时代（2200B.C.），据说是从纽比亚（Nubia）传进去的。自那时代以后，埃及才有猫首人身的神像。猫神名伊路鲁士（AElurus）。人当猫为神圣，甚至做成猫的木乃伊，杀猫者受死刑。他以为猫是月女神，因为它的眼睛可以像月一样有圆缺。中国古时迎猫的礼仪不可详知，从八蜡的祭礼看来，它与先啬、司啬等神同列，可见得它是相当地被尊重。祭猫的礼大概在周秦以后已经不行，所以人们不像往昔那么尊重它。黄汉《猫苑》（卷上）说："丁雨生云，安南有猫将军庙，其神猫首人身，甚著灵异。中国人往者，必祈祷，决休咎。"这位猫神到底管什么事，不得而知，若依作者的附说，此猫字即毛字之讹，因为明朝毛尚书曾平安南，猫将军即毛尚书。这样看来，他与猫神就没什么关系了。铸画猫形来镇压老鼠的事却有些那个。《夷门广牍记》："刻木为猫，用黄鼠狼尿，调五色画之，鼠见则避。"《猫苑》的作者引邓椿画猫云："僧道宏每往人家画猫则无鼠。"作者又说："山阴童树善画墨猫，凡画于端午午时者，皆可辟鼠，然不轻画也。余友张韵泉（凯）家，藏有一幅。尝谓悬此，鼠耗果靖。"（卷上形相章）又记："吴小亭家藏王忘庵所画鸟猫图，自题十六字云，'日危，宿危，炽尔杀机。鸟圆炯炯，鼠辈何知？'余按家香铁待诏，重午画钟馗，诗云，'画猫日主金危危'，则知危日值危宿，画猫有灵。必兼金日者，金为白虎之神，忘庵句盖本乎此。"又记："朱赤霞上舍（城）云，凡端午日取枫瘿刻为猫枕，可辟鼠，兼可辟邪恶。"由辟鼠的功效进而可以辟盗贼。《猫苑》（卷上）有一个例。作者说："刘月农巡尹（荫棠）云：番禺县属之沙湾茭塘界上有老鼠山。其地向为盗薮。前督李制府瑚患之，于山顶铸大铁猫以镇之。猫则张口撑爪，形制高巨。予曾缉捕至此，亲登以观。而游人往往以食物巾扇等投入猫口，谓果其腹，不知何故。"

养蚕人家也怕老鼠食蚕，故杭州人每于五月初一日看竞渡后，必向娘娘庙买泥猫回家，不专为给孩子玩，并且可以禳鼠。

以上所举的事例都含有巫术意味，并非当猫做神。清代天津船厂有铁猫将军，受敕封，每年例由天津道躬诣祭祀一次。金陵城北铁猫场有铁猫长四尺许，横卧水泊中，相传抚弄它，可以得子。每年中秋夜，士女都到那里去。这与猫没关系，乃是船碇。船碇又叫铁猫，是何取义，不敢强解，现在猫写作锚，也许离开本义更远了。

神怪的猫

猫与其它动物一样。活得日子长久了就会变精。袁枚《子不语》（卷二十四）记靖江张氏因为通水沟，黑气随竹竿上，化作绿眼人乘暗淫他的婢女。张求术士来作法，那黑气上坛舔道士，所舔处，皮肉如刀割。道士奔去，想渡江求救于张天师，刚到江心，看见天上黑气四起，就庆贺主人说：那妖已经被雷劈死了！张回家，看见屋角震死一只猫，有驴那么大。

猫变人的传说在欧洲也一样地很多。在术语上，猫变人叫猫人；人变猫就叫人猫。欧洲的人猫，似乎是比猫人多些。韩美（F. Hamel）在"人兽"（Human Animals）第十二章里说了下面的一个故事：一七一九年二月八日，陀素（Thurso）的牧师威廉因士（William Junes）在开陀尼士（Caithness）审问一个女人马嘉列·连基伯（Margaret Nin—Gilbert）。那妇人承认，有一晚上，她在道上走，遇见一个魔鬼现出人形，要她与他同行同住。从那时起，她与那魔鬼就很相熟，有时他在她面前现出一匹大黑马的形状，有时骑在马上，有时像一朵黑云，有时像一只黑母鸡。这妇人显然是从一个巫师学来的巫术，所以会这样。有一个瓦匠名叫威廉孟哥麻里（William Montgomery），他的房子被许多猫侵入，以致他的妻与女仆不能再住在那里。有一晚上，威廉回家，看见五只猫在火炉边，仆人对他说：它们在那里谈话啊。在十一月二十八日，一只怪猫爬进一个贮箱的圆洞里。威廉就守在那里，若是看见有脑袋伸出来，便用刀斫下去。他果然把刀斫到那怪物的脖子上，可没逮着。一会，他打开那箱，他的仆人用斧子砍那怪猫的背后，连斧子砍在箱板上。至终那怪猫带着斧子逃脱掉。但是他连续地追，又斫了好些下，至终把它砍死。威廉亲把那死猫扔出去，可是第二天早晨，起

落花生

来一看，那猫已不见了。隔了四五晚，仆人又嚷说那猫再来了。威廉用方格绒围住它，把斧子斫在它身上。到它被斧子钉在地上，又用斧背打击它的头，一直打到死，又把它扔掉。第二天早晨起来看，又不见了。很奇怪的是当斫那怪猫的时候，一滴血也没有。他一共斫了几只，都没有一只是邻人的。于是他断定那一定是巫师做的事。二月十二，住在威廉家半英里的妇人马嘉列·连基伯被告发了，她的邻人看见她掉了一条腿在她自己的门口。她那一只腿是黑的而且腐烂了。那人疑心她是女巫，就捡起来送到州官那里，州官立刻把那妇人逮捕下狱。那妇人承认她变猫走进威廉家里，被威廉砍断了一条腿，还有另外一个妇人名马嘉列·奥尔逊（Margaret Olsone）也是变了猫一同进去的。别的女巫，人看不见，因为魔鬼用黑雾遮掩着她们。

韩美又说：在法国基奥达（Ciotat）附近的西里斯特村（Ceyreste）住着一个女人，她的孩子们常常有病，这个好了，那个又病起来。她不晓得要怎办。有一天，她的邻人对她说，她的婆婆也许是个巫婆，孩子们的病当与那老太太有关系。于是她对丈夫说了。两个人仔细查察孩子们的病，看看有没有巫术的影响。有一晚上，他们看见一只黑猫走近那个小婴孩的摇篮边，轻寂地走动，丈夫立刻拿起一根棍子想去打死它。他没打着那猫的身体，只中了它的爪子。那猫拼命逃走了。孩子们的祖母是每天要来看他们，问孩子们的康健的。自从打了黑猫以后，老太太就好几天不上门来。

邻人对那丈夫说，她一定是有什么事，不肯给人知道的，可以去看看她。丈夫于是去看他的妈。一进门就看见她的一只手包起来，对着他发脾气。他假装做看不见她的伤处，只用平常很安静的话问她为什么好几天没到家去看孙子们。

那老太太回答说："我为什么要到你家去呢？看看我的手指头。假如我的手指头是给斧子砍着，不是给棍子打着，我的指头就被切断，所剩的只是残废的肢体罢了。"

中国的猫人故事比较多，因为我们没有像基督教国家的魔鬼信仰，只信物老成精的说法，所以猫也和狐狸、熊、老虎等，一样会变人。人每以猫善媚人，以致如江浙人中有信它是妓女所变成，这又是轮回信仰，与猫人无涉。但是，不必变人而能加害于人的猫，在中国也有。例如《猫苑》卷上《毛色》所记："孙赤文云，道光丙午（1846）夏、秋间，浙中杭、绍、宁、台一带传有鬼祟，称为三脚猫者，每傍晚，有腥风一阵，辄觉有物入人家室以魅人，举国皇然。于是各家悬锣钲于室，每伺风至，奋力鸣击。鬼物畏锣声，辄遁去。如是者数月始绝。是亦物妖也。"

又据清道光时代人慵讷居士著的《咫闻录》（卷一）记：

甘肃凉州界，民间崇祀猫鬼神，即北史所载高氏祀猫鬼之类也。其怪用猫缢死，斋醮七七，即能通灵。后

落花生

易木牌，立于门后，猫主敬祀之。旁以布袋，约五寸长，备待猫用，每窃人物。至四更许，鸡未鸣时，袋忽不见，少顷，悬于屋角。用梯取下，释袋口，倾注柜中，或米或豆，可获二石。盖妖邪所致，少可容多，祀者往往富可立致。有郡守某生辰，同僚馈干面十余石，贮于大桶。数日后，守遣人分贮，见桶上面悬结如竹纸隔，下视则空空然！惊曰诸守，命役访治。时府廨后有祀此猫者，役搜得其像。当堂重责木牌四十，并笞其民，笑而遣之。后闻牌责之后，神不验矣。

又猫可以给人寄寓灵魂在它身体里头。富莱沙在《金枝集》里说了一段非洲的故事。

南非洲巴兰牙（Ba—Ranga）人中，从前有一族的人们寄他们的灵魂在一只猫身上。这猫族有一个少女低低散（Titishan）当嫁时强要那只猫随行。她到夫家，就把那猫藏在密室，连丈夫也没见过它，也不知道她带了一只猫来。有一天，她到地里工作，猫逃出来，走入茅寮，把丈夫的战斗装饰品着起来，歌唱舞蹈。孩子们听见，进去看见一只猫在那里装着怪样子。他们很骇异猫在戏弄他们，就去告诉丈夫说，有一只猫在他屋里舞蹈，还侮辱了他们。主人说，别说，我不要你们撒谎。他们于是回家，看见那猫还在那里，就把他打死。那时，他妻子立刻倒在地上，临死时，说："我在家被人杀死了！"她丈夫回来，她还可以说话，就教他快去告诉她家人。她的家族众人一听见这事，个个都立刻死了。从此这猫族绝了种。

这寄生命在别的物体上的故事，在民间传说里很多，大概与图腾有多少关系罢。

人事的猫

所谓人事的猫，是人们对于猫的行为与态度。古代罗马人以猫为自由的象征。罗马自由女神的形像是一手持杯，一手持折断的王节，脚下睡着一只猫。除去古埃及以外，以猫为神圣的恐怕要数到古罗马了。欧洲许多地方以猫为土谷神，富莱沙的名著《金枝集》里举出许多有趣的风俗，试在这里引录出来：

（一）在法国窦菲涅（Dauphine）的白里安逊（Briancen）地方，当麦熟时，农人用花带和麦穗饰猫，教它做球皮猫（Le Chat de Peau de Salle），假如刈麦者受伤，就用那球皮猫来舔伤口。收获完了，更把它装饰起来，大家围着它舞蹈。舞完，诸女子才慎重地把它的装饰卸除掉。

（二）在波兰西勒西亚（Silesia）的格鲁尼堡（Grüneberg）地方，农人不用真猫，叫那收割田的最后一穗的农夫做多马猫（Tom Cat）。别人把墨麦秆与绿枝条围绕着它；又打一条很长的辫子系在它身上，当做它的尾巴。有时把另一个人打扮得和它一样，叫做猫，是当做女性的。多马猫与猫的工作是用一根长棍子追人来打。

（三）南洋诸岛人，有些也信猫与田禾有关，求雨时常用得着它。在南西里伯岛（Celebes），农人求雨，把猫缚在肩舆上，扛着绕行干燥的田边，同时用竹管引水。猫叫时，他们就说，主呀求你把雨降给我们。爪哇农人求雨最常用的方法是洗猫。洗猫有时是一只，有时是一对，用鼓乐在前引导。巴达维亚城，孩子们常为求雨洗猫，方法是把猫扔在水里，由它自己爬到边岸。苏门答剌有些村子在求雨时，村妇着衣服涉入水中，㧌水相溅，然后扔一只黑猫进水，容它在水里泅些时候，才由它泅上岸去。妇女们㧌着水随在它后头。

自从猫与魔鬼合在一起，做土谷神的猫在好些地方是要被杀的。法国有些地方，杀猫或捉猫便是到田里收获的别名。有些地方，打谷打到最后一把，农人就将一只猫放在一起，用连枷来打死它。到最近的星期日，把它烧熟了当圣物吃。法国亚美安（Amiens）农人若说他们去杀猫便是收获完工的意思。收获的工作完毕，他们就在田里杀死一只猫。波希米亚人把猫杀死埋在田中，为的是教禾稼不受损害。这都是土谷神的悲惨命运。

欧洲许多地方虽然还以杀猫为不吉利，但在节期当它做魔鬼或巫师的变形来处治的事也不少。

法国古时在仲夏月、复活节、忏悔日，和纪念耶稣在旷野四旬的春斋期，每在巴黎格里弗场（Place de Gréve）举喜火。通常是把活猫放在一个篮子里，或琵琶桶里，或口袋里，悬在火中一根竿子上头。有时他们也烧狐狸。烧完，人民收拾火灰与烬余物回家，相信可以得到好运气。法国王常亲来举火。最末一次是一六四八年，路易十四举的。他戴着玫瑰花冠，手里也捧着一束玫瑰，举火以后，还围着火堆与大众舞蹈，舞完到市公所举行大宴会。

法国亚尔丹尼士省（Ardennes）人当春斋的第一个星期日烧猫。在火熄后，牧人把牛羊赶来，教它们越过灰烬，以为可以免除灾害。举火者必是年中最后结婚的新人，有时用男，有时用女，新人举火后，大众围着火堆舞蹈，求来丰年。

在婚礼上，有些地方也杀猫。德国爱菲尔（Eifel）地方，结婚人家在婚后几个星期举行猫击礼（Katzenschlag），法国克鲁士（Creuse）人于结婚日带一只猫到礼拜堂去，用它来打贺喜的亲友。一直把它打到死，才把它煮熟了给新郎新娘吃。波兰风俗，假如新郎是个鳏夫，在家里须要打破玻璃门，把猫扔进去。新娘才随着扔猫的地方进入洞房。

猫肉本来不是常时的食品，但有许多地方的人很喜欢吃它。富莱沙告诉我们，在纽几内亚北边的俾斯麦群岛，土人爱吃猫，常常到邻村去偷别人的猫来吃。但那里的人信猫身体的一部分如未被吃，就可以作法教那吃的人生病。他们的方法是把猫尾巴剁掉收藏起来。若是猫不见了，一定是贼人偷去吃。猫主可以把所失的猫被剁下来的尾巴取出，同符咒一齐埋在隐秘地方。那贼就会生病。在那里的猫都是没尾巴的，因为必要如此，才没人敢偷。

中国人除去药用以外，吃猫也是由于特别的嗜好，如广州人春天所嗜的龙虎羹，便是蛇与猫的时食。从一般的习惯说，猫不是正常的食品。有些地方还以为猫是杀不得的，因为一只猫管七条命，如人杀死一只猫，他得偿还七世的生命。

因为猫的形态颜色有种种不同，所以讲究养猫的都加意选择。选择的指导书是世传的《相猫经》。现在把主要的相法列举几条在底下：

（一）头面要圆。面长会食鸡，所以说，"面长鸡种绝"。

（二）耳要小而薄。这样就不怕冷，所以说，"耳薄毛毡不畏寒"。头与耳都不怕长。所谓猫贵五长，是说头、尾、身、足、耳都要长，不然，便是五秃。但发微历正通书大全又说："猫儿身短最为良。眼用金钱尾用长，面似虎威声振喊。老鼠闻之立便亡。"又说，"腰长会走家"。看来身长是不好的相。二说，不知谁是。

（三）眼要具金钱的颜色。最忌带泪和眼中有黑痕，所以说，"金眼夜明灯"。眼有黑痕的是懒相。

（四）鼻要平直。鼻钩及高耸是野性未除的相。这样的猫爱吃鸡鸭，所以说，"面长鼻梁钩，鸡鸭一网收"。

（五）须要硬而色纯。经说："须劲虎威多。"又说，"猫儿黑白须，疴屎满神炉。"无须的会食鸡鸭。

（六）腰要短。腰长就会过家。

（七）后脚要高。后脚低就无威。

（八）爪要深藏而有油泽。露爪就会翻瓦。

（九）尾要长细而尖，尾节要短，且要常摆动。尾大主猫懒，常摆便有威，所以说，"尾长节短多伶俐""坐立尾常摆，虽睡鼠亦亡"。

（十）声要响亮。声音响亮是威猛的征象。

（十一）口要有坎。经说："上颚生九坎，周年断鼠声。七坎捉三季。坎少养不成。"

（十二）顶要有拦截纹。拦截纹是顶下横纹。相畜余编记，猫有拦截纹，主威猛。有寿纹，则如八字，或如八卦，或如重弓、重山，都好。没这些纹，就懒阘无寿。

（十三）身上要无旋毛。胸口如有旋毛，主猫不寿。左旋犯狗；右旋水伤。通身有旋，凶折多殃。所以说："耳小头圆尾又尖，胸膛无旋值千钱。"

（十四）肛要无毛。经说："毛生屎屈，疴屎满屋。"

（十五）睡要蟠而圆，要藏头掉尾。

至于毛色，以纯黄为上，所谓"金丝猫"的就是。其次纯白的，名"雪猫"，但广乐人不喜欢，叫它做"孝猫"，主不祥，再次是纯黑的，叫"铁锚"。纯色的猫通名为"四时好"。褐黄黑相兼，名为"金丝褐"。黄白黑相兼，名"玳瑁斑"。黑背白肢，白腹，名为"乌云盖雪"。四爪白，名"踏雪寻梅"。白身黑尾，最吉，名为"雪里拖枪"。通身黑而尾尖一点白，名为"垂珠"。白身黑尾，额上一团黑色的，名为"挂印拖枪"，又名"印星"，主贵，而白身黑尾，背上一团黑色的，名为"负印拖枪"。黑身白尾，名为"银枪拖铁瓶"，又名"昆仑妲己"。白身而嘴边有衔花纹，名为"衔蝉奴"。通身白而有黄点，名为"绣虎"。身黑而有白点，名为"梅花豹"，又名"金钱梅花"。黄身白腹，名为"金聚银床"。白身黄尾，名为"金簪插银瓶"，又名"金索挂银瓶"。白身或黑身，而背上有一点黄的，名为"将军挂印"。身尾及四足俱有花斑，名为"缠得过"。这些都是入格的猫，至于黄斑，黑斑，都是狸的常形，不算稀奇。此外如"狸奴""虎舅""天子妃""白老""女奴"等，是猫的别名。爱猫的也常给猫许多好名字。最雅的如唐贯休有猫名"焚虎"，宋林灵素字"金吼鲸"，明嘉靖大内的"霜眉"，清吴世璠的"锦衣娘""银睡姑""啸碧烟"，都好。其它名字可参看《猫苑》（卷下）名物，此地不能尽录出来。

自然的猫

人与猫相处，觉得猫有许多生理上及心理上的特性。如独生猫，每为人所喜爱。中国各处有相同的口诀，说："一龙，二虎，三太保，四老鼠。"意思是独生的猫如龙，孪生的猫似虎。一胎三只以上就不大好了。闽南人的口诀是："一龙，二虎，三偷食，四背祖。"所以生三只，四只，不是懒惰，就是不认主人。但这都是人们对于猫的见解，究竟如何，也不能断定。在《贤奕》里引出一段龙猫、虎猫的笑话。

齐奄家畜一猫，自奇之，号于人曰虎猫。客说之曰，虎诚猛，不如龙之神也。请更名曰，龙猫。又客说之曰，龙固神于虎也。龙升天，须浮云。云其尚于龙乎？不如名曰云。又客说之曰，云霭蔽天，风倏散之。云固不敌风也。请名曰风。又客说之曰，大风飚起，维屏与墙，斯足蔽矣。风其如墙何？名之曰墙猫。又客说之曰，维墙虽固，维鼠穴之，墙斯圮矣，墙又如鼠何？即名曰鼠猫。东里丈人嗤之曰，猫即猫耳，胡为自失其本真哉？

这可以见得名龙，名虎，乃属主观的，不必限于独生或孪生的关系。又人对猫的观察常有错误。如说，猫捕食老鼠以后，它的耳朵必定有缺。像老虎的耳朵在吃人以后的锯缺一样。大概缺的原因是由于偶然的损伤，决非因吃了一个人或一只鼠就缺一坎。

有一件事最显然的是猫常有吃掉自己的小猫的情形。这情形，在狗和别的动物中间也常见，不过人没注意到罢了。中国人的解释是猫当乳哺时期，属虎的人不能去看它，若是看见了，母猫必要徙窠，甚至把小猫都吃掉。空同子说："猫见寅人，则衔其儿走徙其窠。"《黄氏日抄》说："猫初生，见寅肖人，而自食其子。"但有些地方以为给属鼠的人见到，母猫就会把小猫吃掉。又李元《蠕范》说："猫食鼠，上旬食头，中旬食腹，下旬食足。"这也未见得是正确的观察，其实要看鼠的大小，及猫的性格而定。有些猫只会捕鼠，把鼠咬死就算，一口也不吃，有些只会捕鸟，看见老鼠都懒得去追。

欧洲人以为一只猫有九条命，因为它很难致死。这话在文学上用得很多。德国的谚语甚至有"一只猫有九条命；一个女人有九只猫的命"，表示女人的命比猫还要多几倍。从动物学的观点说，猫的命是有许多生理上的特长来保护着它。最惹人注意的是，凡猫从高处摔下，无论如何，四条腿总是先落在地上，不会摔伤。这现象固然是由于猫的祖先升树的习性所形成，但主要的还是它能利用身体的均衡运动。脊椎动物的耳里有半圆管司身体的均衡作用。这半圆管的功用在耳司听觉以前便有了。听觉是动物进化后才显出的作用,在此以前,身体的均衡比较重要。猫还保持着它灵敏的均衡作用,所以无论人怎样扔它,它很容易地翻过身来,使四只脚先到地。而且它的脚像安着弹簧一样,受全身的重力,一点也没伤害。如果一只猫不会这样,那就是因为它太被豢养惯了。

猫的触须很长,这也是哺乳动物所常有的,即如鲸的上唇也有。不过在猫族中,触须特别发达,因为它们要走在黑暗地方,这须于感觉的帮助很大。猫还有特灵的嗅觉和听觉。家猫与野猫都可以辨别极细微的声音。从这些声音,它们可以认识是从什么地方,什么东西发出的。但是它们所认的不是音的高低,乃是声的大小。它们能听人的说话,并不像狗那样真能懂得,只是由声的大小供给它们的联想而已。

猫可以在夜间看见东西,这是因为猫类多半是夜猎的兽,非到昏暗不出来,它们能利用微暗的光来看东西。它们的瞳子,因为须要光度的大小,而形成伸缩作用。所谓猫眼知时,乃是受光的强弱所生现象。关于依猫眼测时间的歌诀很多,最常见的是:"子午线,卯酉圆,寅申巳亥银杏样,辰戌丑未侧如钱。"这在平常的时候,固然可以,如果在天阴、暗室里,就不一定准了。在越黑暗的地方,猫的瞳子放得越大。眼的网膜有一层光滑如镜的薄面,这也是帮助它能在暗处见物的一件法宝。因为它有这样的网膜,所以人每见它在暗处两眼发光。但在无光的地方如物理

落花生

实验的暗房里，猫眼也不能被看见，因为所有的眼都不能自发光辉。所有的猫都是色盲的。它们住在一个灰色的世界里。它们虽然能够分辨红白，但也不是从色素，只是由光的刺激的大小分别出来。我们可以说猫不只是音聋和色盲，并且于听视二觉都有缺陷。它本是夜猎的兽类，所以对于声音与颜色只须能够辨别大小远近就够了。

俗语说："猫认屋，狗认人。"猫有本领认识它所住的地方，虽然把它送到很远，若不隔着水和高墙，它总会寻道回来。这个本领在林栖的动物中常有，尤其是在乳哺期间，母兽必有寻道还窠的能力，不然，小兽就会有危险。

中国书上常说，猫的鼻端常冷，唯夏至一日暖。这是因为它的鼻常湿，为要增加嗅觉作用，与阴阳气无关。

猫的感情作用，最显然的是见到狗或恐怖时，全身的毛竖立起来。不过这不必每只猫都是一样，有的与狗做朋友，见了一点也不害怕。毛竖的现象，在人类与其它哺乳动物都有，在肾脏的前头有一个小小的器官，名叫"肾上腺"，它是对付一切非常境遇的器官。从这腺分泌肾上腺碱（Adrenalin）游离于血液中间，分布到全身。这种分泌物，现在叫做"兴奋体"（Hormones）。它们是"化学的传信者"，常为保持身体的利益而分泌到身上各部分。肾上腺碱，一分泌出来，就可以增加血液的压力，紧张肌肉，增加心动等；还可以激动毛发下的小肌肉使毛发竖立起来。身体有强烈的情绪就是神经受了大刺激，如系属于恐怖的，肾上腺硷立时要分泌出来，使血液里的糖分增加散布到各部分，它的主要功用，是可以振奋精神，如受伤出血时，可以使血在伤口凝结得快些。所以猫和人一样，在预备争斗或恐怖的时候，血里都满布着肾上腺硷。这兴奋体是近代的发现，医药家每取肾上腺硷来做止血药及提神药，大概所有的药房都可以买得到。

猫一竖毛，同时便发出吼声，身体四肢作备斗的姿势，它的生理上的变化也和人类一样。第一步是愤怒，由愤怒刺激肾上腺，肾上腺急激地制造肾上腺硷，分泌出来随着血液传达到全身。身体于是完成争斗的预备而示现争斗的姿势。若是争斗起来，此肾上腺硷一方面激起兴奋作用；受伤时，就显止血作用，若是斗不起来，情绪便渐渐松弛，身体姿势也就渐次复元了。

猫是最美丽最优雅的小动物，从来养它的人们不一定是为捕鼠，多是当它做家里的小伴侣。普通的家猫可分为二类，一是长毛种，一是短毛种，前者比较贵重，后者比较常见。长毛猫不是中国种，最有名的是"金奇罗"（Chinchilla），它的眼睛，绿得很可爱。其次是"师莫克"（Smoke），它有琥珀样的眼睛。这两种长毛猫在欧洲的名品很多，毛色多带灰蓝，但其它色泽也有。还有一种名"达比士"（Tabbies），也很可贵。所有长毛猫都是一个原种变化出来的。中国的长毛猫古时多从波斯输入，所以也称为波斯猫或狮猫。短毛猫各国都有。讲究养猫的，都知道此中的

落花生

优种是亚比亚尼亚种、俄罗斯种、暹罗种。亚比亚尼亚猫很像埃及种，大概是古埃及的遗种。这种猫身尾脚耳都很长，颜色多为黑、褐，很少白的。俄罗斯猫眼带绿色，毛细而密，为北方优种。暹罗猫多乳白色，头脚尾褐色，宝蓝眼，从前只饲于宫中，近来才流出各处。此外，如英国的人岛猫，属于短毛类，它的奇特处是没有尾巴，像兔子一样。中国的特种猫，据《猫苑》说，有闽粤交界的南澳岛所产的歧尾猫，这种猫的尾巴是卷曲的，名叫麒麟尾，或如意尾，很会捕鼠。又四川简州有一种四耳猫，耳中另有小耳，擅于捕鼠，州官每用来充作方物贡送寅僚，四川通志和袁枚《续子不语》（卷四）都记载这话，但不知道所谓四耳，究竟是怎样的。

  以上关于猫的话，不过是略述猫的神话、人事与自然三方面。因为它对于人的关系那么久远，养它的人不一定是为治鼠，才把它留在家里。它也是家庭的好伴侣，若将它与狗来比，它是静的和女性的，狗正与它相反。作者一向爱猫，故此不惮烦地写了这一大篇给同爱的读者。

  （原刊1940年《香港大学学生会会刊》，收入《国粹与国学》时有较大的改动）

猫是最美丽优美的小动物,从来养它的人们不一定是为捕鼠,多是当它做家里的小伴侣。

许地山

思考题

1. "拉夫斯偏"是哪句英文的音译？又是什么意思呢？

2. 银翎的使命是什么？它完成了吗？

3.《落花生》中，"爹爹"说花生有什么可贵之处？

4. 在许地山的笔下，"海角的孤星"指的是什么？

5. 在古代，先农坛是用来做什么的？

6. 卢沟桥的本名是什么？

7.《命命鸟》中，敏明和加陵最后在一起了吗？

8. 春桃的前夫是向高还是李茂？

9. 许地山先生出生在哪里？他出生的园子叫什么名字？

10. 为什么说"牛津的书虫很多"？

11. 许地山先生认为真英雄会创造时势，还是认为英雄是由时势造出来的呢？

12. 所有的猫都是色盲吗？